부스러졌지만
파괴되진 않았어

일러두기

1. 이 책에 등장하는 여름이, 진형은 모두 가명입니다.

2. 책 제목은 겹낫표(『 』)로, 신문과 잡지, 영화명, 텔레비전 프로그램명, 곡명 등은 홑꺽쇠(《 》)로 묶었습니다.

부스러졌지만
파괴되진 않았어

—

아버지폭력에 맞선 스물넷 여성의
내밀하고 치밀한 지적 통찰

김가을 지음

천년의상상

영혼이 정화되는 기분으로 읽었다. 글쎄, 어디서부터 시작해야
좋을까. 이 책은 먼저 지금 우리에게 필요한 생생한 고발이다.
'아버지 폭력'이라고 불러야 하는 범죄가 있다는 저자의 주장에
동의한다. 우리가 모두 알지만 어떻게 분류하고 명명해야 할지
몰랐던 폭력 범죄. 훈육, 엄부嚴父 같은 단어 뒤에 숨기도 했던.
물리적으로 끔찍하며 여러 사람의 인생을 밑바닥에서부터 파괴
하는.

　이 책은 훌륭한 인류학 보고서이기도 하다. 아버지 폭력이
어떻게 대를 이어저 내려오는가. 입시 위주의 교육이 어떻게 그
도화선이자 연료가 되는가. 맞으며 자란 맏이가 어떻게 막내를

때리게 되는가. 저자는 자기 가족 이야기를 쓰되 자기연민에 빠지지 않고 꼼꼼하고 냉철하게 분석을 해낸다.

이 기록과 고백은 투쟁 서사이고, 성장 서사이며, 영웅 서사인 동시에 구원 서사다. 저자는 희생자와 생존자의 자리에 머물지 않는다. 자신의 현실을 깨닫고 거기에 맞선다. 다른 희생자를 설득하고 돕는다. 김가을 작가는 마침내 적을 쓰러뜨린다. 그리고 놀랍게도 그는 적을 이해하고 구하려 나선다.

그 과정에서 이 투사이자 구원자에게 독서가 무기가 되었다는 사실이 특히 무겁게 다가왔다. 예쁜 단어를 얼기설기 모은 아편의 대용물을 놓고 공감과 위로를 말하는 시대에 진짜 문학이 주는 뜨겁고 무서운 치유와 부활의 힘을 확인하게 해줬다. 그 힘은 사람을 행동하게 만든다. 이 책도 그 힘을 품고 있다.

원고를 다 읽고 내가 과연 이 책의 추천인이 되어도 될까 두려워 출판사에 추천사 청탁을 사양하는 메일을 보냈다. 그만큼 묵직하고 귀한 책이라 생각했다. 다른 모든 독자들에게도 그렇게 다가갈 거라 믿는다. 어떤 가족과 살고 있든 어떤 개별적인 상처를 품고 있든 간에, 틀림없이.

장강명(작가)

진흙탕, 그 기억 속으로 들어가며

어떤 땅에 여러 사람이 살고 있었는데 그 자리에 갑자기 태풍이 지나갔다. 꽤 많은 집이 멀쩡하게 살아남았지만 어떤 집들은 지붕이 날아가고, 창문이 깨지고, 집이 물에 잠겨 살림살이들이 못 쓰게 되었다. 운이 안 좋게도 어떤 집 중 하나가 내가 사는 집이었다. 태풍에는 이유가 없으니 우리 집이 못 살게 된 건 순전히 불운이다. 살아보겠다고 엉망이 된 집을 쓸고 닦고, 새로 창문을 달고, 지붕을 올렸다. 꼭 필요한 살림살이들로 집 안을 채웠다.

이제 발 뻗고 잠들 수 있겠다며 뿌듯한 마음에 밖을 나가보니 어떤 집은 더 넓은 집으로 이사 간다 하고, 어떤 집은 마당에

정원을 만들어 꽃을 피웠다 한다. 내가 집을 가꿔보겠다고 애쓰는 동안 다른 집들도 각자의 집을 더 견고하고 아름답게 가꾸는 것을 멈추지 않고 있었으리라는 사실을 생각하지 못했다. 겨우 출발선에 와놓고 기뻐한 건가 싶은 허탈감에 뿌듯한 마음은 금세 초라함으로 변했고 바깥 세상이 원망스럽게 느껴진 날들도 많았다. 집 가꾸느라 고생 많았다는 위로 섞인 말을 듣고 싶기도 했다. 그저 멈춰 서서 엉엉 울음을 토해내고 싶기도 했고, 어떤 날은 집이고 뭐고 그 자리에서 사라져버리고도 싶었다.

식물 하나를 키우는 데에도 많은 것을 알아야 한다. 물은 며칠 간격으로 주어야 하는지, 어떤 때에 화분을 갈아주어야 하는지, 뿌리를 얼마나 빠르게 내리는 식물인지, 어떤 온도를 유지해주어야 하는지 등등 생명을 지켜내기 위해 애써야 할 마음들이 참 많다. 그런데 우리는 정작 인간의 생명을 어떻게 지켜야 하는지 아무것도 모른 채 척박하고 가혹하고 차갑고 매몰찬 땅에 뿌리내렸다. 그 땅의 매서운 기후를 온몸으로 체험했다. 왜 하필 이런 곳에 뿌리내렸는지 그 폭력의 씨앗을 처음 심은 사람들을 원망하는 날이 참 많았다. 하지만 그중에서도 어떤 씨앗은 언젠가 아주 먼 곳까지 날아가서 비옥하고 따뜻한 땅에 뿌리내릴 수 있다고 생각한다.

나는 '아버지폭력'의 피해자다.('아버지폭력'은 말 그대로 아버지가 자녀에게 양육 과정에서 물리적인 위해를 가하는 모든 폭력을 가리키는 뜻으로 사용한 말이다. 기존의 '가정폭력'이라는 단어로는 그 뜻을 정확히 표현하는 데 한계가 있기 때문에 새롭게 규정한 개념이다.) 기억나지 않을 정도로 아주 어린 시절부터 아빠로부터 맞으면서 자랐고, 스물세 살이 되던 해에 폭력을 못 이겨 아빠를 경찰에 신고했다. 이후 관련 기관의 도움으로 가정폭력 피해자 쉼터에 들어가 6개월을 보냈고 시설과 제도의 지원을 받아 가해자가 있는 공간으로부터 독립해 나만의 안전한 공간을 확보할 수 있었다.

다행스럽게도 아빠는 신고 이후 심리 상담을 받고, 정신건강의학과에서 약을 처방받아 복용하며 그간의 폭력적인 행동에 대해 교정할 의지를 보여주었다. 내가 집을 나온 것도 아빠가 그간의 폭력에 대해 반성의 의지를 보여준 것도 아직은 모두 하나의 시작일 뿐이지 우리 가족은 지금도 서로 날선 말을 주고받을 때가 있다. 자주 부딪치고 갈등한다. 나와 동생들은 아직도 그때의 트라우마와 싸우고 있다. 이런저런 날씨들을 경험하며 집을 들여다보고 고치는 일을 지금도 계속해서 반복하고 있다. 아마 우리 가족의 회복 과정은 인생이 끝날 때까지 진행되지 않을까? 오랜 시간에 걸쳐 망가지고 상처가 난 마음이니 오랜 시간을 들여 그 응어리를 풀어내야 한다는 생각이 든다.

어린 나이부터 나와 동생들의 몸에 생긴 멍과 붓기가 몇 차례고 생겼다가 사라지는 것을 보았다. 우리 셋 모두 운이 좋았다고 말해야 할지, 육체는 건강했기 때문에 회복이 빨랐다. 보라색을 띠던 멍도 시간이 지나면 사라졌고 흐르던 피도 시간이 흐르면 멈췄다. 그런데 보이지 않는 곳에 자리한 어떤 상흔은 도무지 사라지지를 않고 문제를 일으켰다. 그러니까 나는 물을 마시고 끼니를 챙겨 먹으며 때가 되면 이부자리를 깔아 잠들고 깨끗이 세탁한 옷을 입으며 살아가면서도 살아 있다는 기쁨 같은 것을 느끼지 못했다. 사랑, 평화, 안정, 온기, 감사, 자유 같은 단어들이 갈 수 없는 여행지처럼 내 삶과는 동떨어진 것으로 느껴졌다. 그 단어들을 더듬고 있으면 나는 갈 수 없는 그 여행지를 여행하며 웃고 있는 사람들이 나오는 TV 프로그램을 보는 것과 같이 그 단어들의 존재 자체가 나를 더 비참하게 만드는 것 같은 기분에 휩싸이곤 했다.

몸에 아무런 문제가 없는 상황일 때도, 정신은 죽은 것도 아니고 산 것도 아니고 어딘가 늘 아픈 상태였다. 폭력의 기억이 내 삶 곳곳에 영향을 미쳤다. 내가 생각하는 방식, 행동, 관계 맺는 방식, 바라보는 방향까지 그 기억으로부터 시작된 것이 참 많아서 웃고 있다가도 폭력의 기억이 나를 덮치면, 저항하지 못한 채 그 기억 속의 어린 나로 돌아갔다.

나는 나의 기억을 투영해서 세상을 바라볼 수밖에 없었다. 내가 두려움과 공포를 느끼며 사니까 세상 역시 두렵고 공포스럽게 보였고, 내가 아프고 힘드니 세상도 아프고 힘든 곳으로 보였다. 아프고 힘든 사람들이 더 잘 보였고, 아프고 힘들지 않은 사람들이 공연히 밉기도 했다. 아버지폭력을 겪다 보니 나의 가장 큰 관심 주제는 사랑, 우정, 꿈 이런 것보다 언제나 가족이었다. 가족 문제와 관련된 책을 읽고, 가족 문제와 관련된 영화를 보고, 사람을 볼 때 그 사람의 가정환경을 궁금해했다. 가족에 맺혀 있는 마음이 많기 때문에 지금 이렇게 내가 겪은 폭력에 대한 글을 쓰고 있는 것 같다.

과거의 기억에 붙잡힌 채 사는 동안 출구가 보이지 않는 어두컴컴한 터널에 갇혀 있는 것 같았다. 이 터널을 벗어나고 싶은데 터널의 끝을 알려주는 어떤 빛 한줄기도 보이지는 않고 괴롭고 외로운 마음만 차올랐다. 과거의 기억을 해결하지 못하니 현재를 잘 살아낼 수 없었다. 내 상처로 마음에 가시가 잔뜩 돋혀서 사람들에게 상처가 될 행동과 말도 많이 했다. 누군가에게 상처를 줄 때도 상처를 받을 때도 한 번도 행복한 적이 없었다. 삶이 불행하게만 느껴졌고 그 괴로움으로부터 벗어나고 싶은 마음은 당연히 있었지만, 벗어날 방법을 몰라 이러지도 저러지도 못한 채 발을 동동 굴릴 뿐이었다.

아주 더럽고 추한 나, 구역질나는 나, 악에 받쳐 있던 나, 동생 머리카락을 쥐어뜯고 동생 머리를 핸드폰 모서리로 찍어 누르던 내 모습이 떠오른다. 사람에 대한 불신과 분노에 사로잡혀 있던 나, 검은 마음에서 빠져나오려고 노력하던 나, 그게 잘 안 될 때면 나를 죽이고 싶기까지 했던 나, 상처받아서 울던 나, 울고 있는 동생을 보고 마음 아파하던 나도 기억난다. 그 모든 기억을 부정하고 싶지도 않고 그 기억에 묶여 있고 싶지도 않다. 더럽고 추하고 검은 기억부터 슬프고 애틋하고 순수하던 기억까지 다 기억해서 보존하고 싶다. 많은 기억들 중에서 보기 좋은 것들만 선별해서 '이게 바로 진짜 나야.' 하고 우기고 싶지도 않다. 자기기만, 자기연민, 자기혐오 그 어떤 것에도 매몰되고 싶지 않다. 나는 솔직하고 자유로워지고 싶다.

솔직하고 자유롭고 싶다는 마음이 나의 선線만 중시하고 타인의 선은 함부로 넘는 마음이 되지는 않도록 경계했다. 내가 타인에게 바라는 것을 나는 타인에게 줄 수 있는지부터 먼저 고민했다. 내가 바라는 것은 그 다음의 일이었다. 내가 너였다면, 내가 너로 태어나서 너처럼 살고, 너처럼 보고, 너처럼 생각한다면, 나와 네 마음이 만나는 게 가능한 일일까 살폈다. 남이 나를 알아주지 않는다고 원망만 하고 있지 않은지 스스로 의심하며 솔직함을 다듬어왔기 때문에 표현해도 괜찮다고 생각했다. 빛이 비추지 않는 달의 뒤편처럼 어두워 목격되지 않았던 기억을 이제는 털어내고 더 나은 사람이 되고 싶다.

2022년 3월

김가을

차례

2부 ────────

3부 ——————

1부

유년의 몇 가지 기억들

동갑내기 부모님은 스물다섯에 결혼해서 스물아홉에 나를 낳고, 서른에 여동생 여름이를 낳았다. 그리고 다시 3년 뒤 남동생 진형이가 태어났다. 엄마 말에 따르면 결혼 초기에는 아빠가 폭력성을 드러내지 않았다고 한다. 다른 남자와 이야기하거나 자신에게 관심을 주지 않을 때 이렇게까지 화낼 일인가 싶을 만큼 언성을 높일 때도 있었지만 폭력은 쓰지 않았다고 했다. 나도 다섯 살 이전 기억은 정확히 기억나지 않지만 그때까지도 우리 셋에게 폭력을 쓰지 않았다고 기억한다.

아빠는 학생 때부터 할머니에게 폭력을 쓰는 할아버지, 폭력적인 누나, 자기에게 맞았다고 할머니에게 일러바치는 동생들에게 진절머리 치며 집을 나올 날만 기다렸다고 한다. 그런 아빠의 다짐 중 하나가 '나는 결코 이렇게 살지 않겠다. 행복한 가정을 만들겠다.'였다. 막내삼촌 말에 따르면 아빠는 나를 낳고 막내삼촌에게 "집에 가서 가을이 볼 생각하면 발걸음이 가벼워져. 너무 예뻐." 말할 정도로 나를 예뻐했다고 한다.

하지만 그런 다짐은 경제적 어려움, 풀리지 않은 어린 시절 트라우마로 금방 무너졌다. 내가 대여섯 살 되던 무렵부터 아빠는 나와 동생에게 폭력을 쓰기 시작했다. 한번 시작된 폭력은 우리 삶 가장자리부터 스며들어오더니 곧 우리 일상이 됐다. 아빠는 우리가 맞을 짓을 해서 때리는 거라고 자기 행동을 언제나 합리화했다. '맞을 짓'의 정확한 기준 같은 건 없었다. 같은 행동을 해도 어떤 때는 맞았고 어떤 때는 맞지 않았다. 나는 하늘을 향해 우리가 안전한 곳에서 살게 해달라고 기도했다. 미신적 믿음과 운에 하루를 맡겼다. 맞지 않고 개새끼, 병신 같은 욕을 먹거나 새벽까지 이어지는 설교를 듣고 잠든 날이면 맞지 않았으니 운 좋은 날로 여겼다. 아프거나 우는 등 약한 모습을 보여서도 안 됐다.

남동생 진형이가 다섯 살인가 여섯 살 됐을 무렵인가 심한 감기에 걸려 밤낮으로 기침을 했다. 아빠는 안방에서 우리가 자는 방으로 와 불을 켜고 남동생을 일으켜 세웠다. 기침 소리가 거슬려 잠을 못 자겠다며 화를 냈다. 아빠에게 질타를 받은 남동생은 기침을 참기 위해 입을 벌리지 않고 계속 쿨럭거렸다. 나는 속으로 '기침하지 마. 아빠한테 혼나잖아.' 생각하며 아빠가 다시 올까 불안해했다. 다음 날에도 쉴 새 없이 기침이 이어져 병원에 간 남동생에게 의사는 큰 병원에서 검사받아야 한다고 말했다. 폐렴이었다. 동생은 한동안 병원에 입원해 있었다. 병원에 입원한 동생을 부러워했던 기억이 난다. 아파서 아빠가 있는 곳에서 잠들지 않아도 되고 기침을 참지 않아도 되는 곳에 있는 게, 건강해서 아빠가 있는 곳에서 잠드는 것보다 나아 보였다.

크게 아프지 않고 지나가는 가벼운 감기에라도 걸리면 아빠는 면역력이 약해서 그런다며 집에서 40분 내외 거리에 있는 한강 둔치를 뛰게 했다. 몸을 움직이고 땀을 흘리면 체력이 강해져 감기가 나을 거라 했다. 그런 일을 몇 차례 겪은 뒤로 나는 감기 초기 증상이 나타나면 아프다고 칭얼대기 전에 급하게 약부터 찾았다. 아픈데 운동까지 하는 게 너무 싫었기에 빨리 나으려고 노력했다. 아파서 정신이 흐릿해지는 바람에 아빠 말을 제대로 알아듣지 못하거나 시킨 일을 하지 못하면 혼날 수 있다는 공포까지 더해졌다. 건강해야 집 안 분위기가 나빠지지 않았다.

아빠가 한번 분노하면 집 안 모든 물건이 사람을 때리는 흉기가 됐다. 아빠 손, 다리부터 핸드폰, 머그컵, 자, 책, 나무 막대기…. 집에 늦게 들어온 날 아빠에게 다녀왔음을 알리려고 안방 문을 열었는데 아빠가 왜 이리 늦게 들어왔냐며 손에 든 리모컨을 내게 던졌다. 고장난 휴대전화를 수리해오지 못한 나를 앉혀두고 자로 팔이며 허벅지를 때리기도 했다. 선처럼 가늘게 난 상처에서 피가 났다. 플라스틱 자가 이렇게 사람을 아프게 할 수 있는 물건이었나 싶었다. 아빠는 때리는 시늉을 하며 위협하거나 겁을 주는 수준에서 멈추지 않았다. 분노를 가득 담아 힘을 다해 때렸다. 맞을 것 같은 예감이 든 날에 바지 속에 휴지 뭉치를 넣어 대비한 적도 있는데 아빠의 완력은 휴지 뭉치를 뚫고 들어왔다. 고통을 줄이는 데 조금도 소용이 없었다. 다음부터는 고통을 줄이려는 시도도 하지 않았다. 아픔을 줄일 수도 없는데 괜히 꼼수 부리는 것처럼 비쳐져 아빠 심기를 건드릴까 두려웠기 때문이다.

나와 동생들이 맞는 이유는 여러 가지였다. 공부를 열심히 하지 않아서, 놀아서, 집에 일찍 들어오지 않아서, 일찍 일어나지 않아서, 핸드폰을 많이 봐서, 청소를 하지 않아서, 동생들과 싸워서, 집 안 물건을 망가뜨려서…. 말했다시피 체벌하는 이유의 정확한 기준 같은 건 없었기 때문에 같은 이유로도 운이 좋으면 맞지 않았다. 아빠가 한 명을 혼내기 시작하면 한두 시간 내에 나머지 둘을 불러 앉혔다. 그래서 우리는 한 명이 불려가기 시작한 시간부터 방 너머에서 들려오는 소리를 들으며 떨고 있었다. 우리에게 이해하기 쉽게 설명해주겠다고 큰 화이트보드랑 마커를 사놨다. 그 화이트보드에 우리로 인해 나가는 돈이 얼마만큼인지, 보험료, 교육비, 생활비, 전기세, 수도세, 가스요금을 상세히 써서 우리가 알고 있도록 했다. 요즘 집 사려면 얼마가 필요하고 그 돈을 모으려면 얼마 동안 얼마만큼을 모아야 하는지도 적어 알려줬다. 우리는 그 말을 듣고 아빠에게 허튼 생각하지 않고 공부해서 좋은 대학, 돈 많이 주는 직장 들어가서 집을 사겠다는 말을 리플레이 버튼 누른 것마냥 되풀이했다.

"아빠 죄송해요. 제가 잘못했어요. 다신 안 그럴게요. 오늘로 정신 차릴게요. 진짜예요. 제가 항상 다신 안 그러겠다고 말해서 또 말하면 안 믿으실 거 알지만 정말이에요. 정말 정신 차릴게요. 정말 죄송해요. 아빠가 고생하신 돈으로 먹고 지내면서 공부도 안 해서 죄송해요. 항상 긴장할게요." 죄지은 듯한 태도로 아빠에게 내가 왜 맞았는지, 아빠가 왜 화를 낸 건지, 내가 잘못한 점이 무엇이고 얼마나 잘못했는지, 이제 어떻게 해야 하는지 높지도 낮지도 않은 단정한 목소리로 설명했다. 아빠 눈을 마주치고 싶지 않았지만 고개를 숙이고 있으면 아빠가 이야기를 제대로 듣지 않는다고 생각할까 봐 고개만 들고 눈은 내리깔고 이야기를 들었다. 울면 더 맞을지 모르니까 눈물도 흘려선 안 됐다. 아빠는 울거나 아프고 힘들다고 칭얼거리는 걸 싫어했다. 중간에 아빠가 우리를 보고 화가 나면 다시 엎드리라고 했다. 그러면 다시 맞다가 아빠 설교를 듣다가 내 잘못과 죄송함을 설명했다. 맞을 때 아파하거나 아픈 쪽을 또 맞기 싫다고 괜히 몸을 움직이면 아빠는 거슬린다고 더 때렸다. 아빠가 원하는 만큼 때릴 수 있게 부동자세로 참아야 했다. 앉으라고 하지 않았는데 앉아도 안 됐지만 매질을 멈췄는데 눈치 없이 똑같은 자세로 있다가는 더 맞거나 발로 차이기도 했다. 여동생이 제자리로 빠르게 돌아가지 않아서 아빠가 동생 등을 발로 내리찍는 바람에 동생이 책장에 부딪치고 구른 적도 있다. 그런 걸 보고 있으면 공포심 외에 다른 감정은 들지 않았다. 그리고 잘 시간이 되면 끝이 난다. 방으로 돌아와서 '끝났다.' 하고 잠들었다.

맞을 때마다 아팠고 너무 아파서 못 견딜 것 같은 몇몇 순간들이 지워지지 않고 머릿속에 남아 있다. 아빠가 동생을 때릴 때 표정을 몇 번 본 적 있다. 그때 아빠의 광기 어린 눈빛, 꽉 다문 입술, 위로 한껏 치켜들었던 팔⋯. 모두 무서웠다. 아빠가 폭력을 행사하는 날은 불규칙한 주기로 뚜렷한 기준이나 이유 없이 계속됐다. 낮에 일하고 집으로 돌아온 아빠는 우리에게 화를 내다가도 밤 12시나 새벽 1시 전에는 잠에 들었다. 다음 날 출근을 위해서였다. 그 시간이 되면 우리도 폭력에서 벗어날 수 있었다. 나는 아빠가 양치하고 세수하고 방 불을 끄는 것까지 확인한 뒤에야 안심했다. 그 시간이 좋았다. 오늘 폭력은 끝났고 자는 동안에는 맞지 않으니까 가장 안전한 시간이라고 생각했다. 그 시간이 영원히 지속됐으면 했다. 하지만 해는 다시 떴고 하루는 다시 시작됐다. 나는 매일 다시 떠오르는 해가 마치 공포와 불안이 떠오르는 것처럼 느껴졌다. 해가 다시 떠오른다는 사실이 싫었다.

학습된 무기력

여섯 살인가 일곱 살 때의 기억이 내가 기억하는 최초의 폭력 상황이다. 당시 우리 가족은 용산구 효창동에 위치한 한 빌라에서 살고 있었고 부모님은 옆 동네에서 가게를 하나 운영했다. 나와 여동생은 낮에 어린이집에서 시간을 보내고 저녁 시간 전에 집으로 돌아왔다. 딱히 할 일이 없었던 나와 여동생은 주로 TV를 봤다. 그때 보았던 프로그램이 지금도 기억난다. 한창 인기를 끌었던 개그맨이 나와서 "무를 주세요." 하면 그 개그맨이 이로 무를 갈고 사람들이 그를 보고 웃던 방송이었다. 그러다가 누가 먼저랄 것 없이 잠에 빠져들었던 것 같다.

눈을 떠보니 아빠가 두 살인가 세 살 된 남동생과 함께 나무

막대기를 짚고 앞에 서 있었다. 그리고 느닷없이 때리기 시작했다. 우리가 맞아야 하는 이유는 세 가지였다. 첫 번째는 집에 오자마자 TV를 켠 것, 두 번째는 TV를 끄지 않고 잠든 것, 세 번째는 이불을 깔지 않고 찬 바닥에서 잠든 것이었다. 아빠는 바보상자로 불리는 TV를 보며 웃고 있는 우리 모습을 그리 좋아하지 않았고, 켜진 TV를 보며 전기세가 아깝다고 했고, 찬 바닥에서 자다 감기 걸린다고 했다. 그 이후로 TV를 켜기 전에 혹시나 도중에 잠이 들 것을 대비해 이불을 옆에 가져다 두는 습관이 생겼다. 난데없는 매질이 많이 아팠고 충격적이어서 지금까지도 '폭력' 하면 가장 먼저 떠오르는 장면이다.

어린 남동생은 우리가 맞는 모습을 그대로 지켜봤다. 아빠는 진형이에게 "너는 어려서 안 때리는 거야. 다행인 줄 알아." 하고 말했다. 당시 나는 맞느라 아파서 정신이 없었는데 지금 생각해보면 그런 말을 들었던 막내동생도 얼마나 무서웠을까 싶다. 동생이 계속 어렸으면 좋겠다고 생각했다. 아주 작아서, 도저히 때릴 곳이 보이지 않을 정도로 어린 나이에 머무르거나 시간을 뛰어넘어 안전한 생활을 할 수 있는 나이의 건장한 성인 남성이 되었으면 좋겠다고 생각했다.

얼토당토않은 요구라도 들어야 상황이 악화되지 않게 할 수 있었다. 좋은 것이 없으면 만들어내려는 노력이라도 해야 했다. 아빠가 바라는 사람이 되려고 노력했던 것은 자식 입장에서 부모에게 효도하려는 마음에서가 아니었고 다만 맞고 싶지 않아서였다. 햇빛이 비추는 비옥한 토양을 바라고 그리며 희망을 품은 것이 아니라 춥고 척박한 땅이 만드는 절망감에서 벗어나고 싶은 마음이 컸다.

효창동 우리 집에서 친할머니 집은 걸어서 갈 수 있을 만큼 가까워 종종 찾아가곤 했다. 어느 날 할머니네 다녀오겠다고 말하고 집을 나서려는 내게 아빠가 잠깐 들어오라고 했다. 나는 그 말을 무시하고 집을 나섰다. 일곱 살 무렵이었다. 어렸지만 그때 내가 어떤 마음에서 그 말을 무시했는지도 기억난다. 아빠와 같이 있는 시간이 숨 막히게 불편하고 무서웠기 때문이다. 우선 할머니 집에 빨리 도착하자는 생각으로 할머니 집에서 TV를 보는데 한 시간쯤 지났을 때 아빠가 찾아왔다. 현관에서 나를 부르기에 그 앞으로 갔다. 그리고 아빠에게 머리를 맞고, 쓰러지고, 다시 일어나서 맞고, 쓰러지기를 반복했다. "내가 오라는데 어디서 말을 무시하냐" 하고 화를 냈다. 어린 나는 아빠 말을 잘 들어야 더 큰 위험에 처할 일이 없다고 생각했다. 아빠 말을 거역

했을 때 대가를 돌려받은 경험이 쌓여 나와 동생들은 자연스럽게 폭력에 순응했고 점점 무기력해졌다. 아파도 참고, 눈물이 나도 참고, 힘들어도 참고, 섭섭해도 참고, 참지 않아도 될 만한 일에도 참을 수 있을 때까지 참았다. 아무 일 없이 하루가 지나가는 것이 나에겐 가장 좋은 날이었다.

어떤 사람은 어린 시절을 아름답게 추억하며 그리워하기도 하던데 나에게 어린 시절은 다시는 돌아가고 싶지 않은 어두운 장면으로 가득하다. 이런 일들이 집 밖 사람들에게 목격되었으면 싶다가도 내 머릿속에서 자연스레 떠오르는 일들을 사람들에게 설명한다는 자체가 구구절절하고 비참하게 느껴졌다. 어떤 사람들은 내게 저항할 생각은 왜 못했냐며 자신이 부모에게 대들고 부모와 싸운 이야기를 해주기도 했다. 어떤 사람은 아빠의 과거 환경을 이해해보라고 나에게 이타적이고 희생적인 사랑을 보이기를 바랐다. 어떤 사람은 그런 일을 겪고 왜 이해해주려고 드냐며 답답해했다. 나에게 바라기만 하는 사람들에게 지쳤다.

내가 아빠를 이해하길 바라기 전에 누구의 잘못인지부터 보라고 하고 싶었고, 답답해할 시간에 나에게 해결책을 말해달라고 하고 싶었다. 그 일을 겪는 건 나였다. 다들 이러쿵저러쿵 말해도 아빠를 겪고, 맞고, 폭언을 듣고 상처 받는 건 나와 동생들이었다. 저항하려다가 열 대 맞을 거 스무 대, 서른 대 맞은 기억, 내가 귀찮다고 심부름 가기 싫은 티를 내자 엄마랑 동생까지 다 불러 앉혀서 때리던 기억, 이해해주려고 할수록 나를 더 하찮게 대하던 아빠 모습이 떠올랐다. 안 그래도 내향적인 성격을 가진 나는 이런저런 사족을 달며 구구절절 설명하고 싶지 않았다.

언어가 통한다고 마음까지 통하는 건 아니다. 같은 언어로 이야기한다고 해서 모든 말이 이해되는 건 아니다. 내가 그때 간절히 바랐던 건 좋은 집도 좋은 음식도 많은 돈도 아니고, 다만 맞지 않고 사는 안전한 생활이었다. 몇 시간 동안 무릎 꿇는 바람에 쥐가 나도, 욕을 듣고 있어도 맞지만 않으면 '아, 오늘 운 좋다.' 그렇게 생각하며 잠들 수 있었다. 동생이 맞는 걸 보는 일도 무섭고 힘들지만 내가 맞는 것보다는 덜 무섭고 덜 힘들었다. 내가 맞지 않을 때 다행이라고 생각했던 순간도 기억난다.

나는 의문을 가졌다. 우리 집에서 아빠가 폭력을 쓸 때 악을 쓰는 소리가, 물건 던지는 소리가 정말 밖에서는 안 들리는 건지 의문이었다. 나한테는 옆집에서 다툼이 일어나는 소리도 들리고 고양이가 크게 우는 소리도 들리는데 우리 집에서 나는 소리만 그렇게 방음이 잘 되는 건가···. 나는 사람들이 모른 척 지나갔을 것 같다고 생각한다. 그리고 나도 그 사람들이었다면 모른 척 지나가고 싶은 사람이었을 것이라고도 생각한다. 어떤 위급한 상황에 처했을 때 "살려주세요.", "도와주세요."라는 말보다 "불이야" 하고 소리쳐야 사람들이 더 많은 관심을 갖는다고 말한 것을 들은 적 있다. 사람은 결국 자기 자신이 연관된 일일 때, 자신의 몸 안으로 실재하는 현실이 만드는 고통이 타고 흐를 때, 비로소 그 문제가 갖는 부조리함을 주목하고 인식하게 된다. 나는 다만 운이 좋지 않아서 모른 척 지나가버릴 수 있는 사람이 되지 못했을 뿐이다.

사람들이 "가을아 너 좀 웃어.", "너는 말하는 게 왜 그렇게 힘이 없고 느려?", "넌 항상 지쳐 보여. 힘들어 보여." 그런 말을 내게 했을 때 나는 뭐라고 해야 했을까.

"나도 그 문제에 대해 오랜 시간 생각해봤는데 아무래도 내가 겪은 이런저런 일들 때문인 것 같아. 나 어려서부터 많이 맞고, 억압당하고 비난받아 왔거든. 그 시간 동안 만들어진 감정과 생각들이 나의 표정, 말투, 눈빛, 행동에 스며들어 있나 봐."

이렇게 말을 해야 했던 것일까. 아니. 나는 그냥 그 말을 내뱉는 목소리 앞에서 씁쓸하게 웃고 "그러게." 하면서 얼버무리고 다른 주제로 이야기를 전환하는 수밖에 없었다. 나는 충분히 힘든데 힘들다는 사실을 증명까지 해야 하는 상황이 이상했다. 사람들에게 내가 겪은 폭력을 설명해야 한다고 생각하는 순간부터 그때 느꼈던 고통, 아픔, 슬픔이 이상하게 금세 사라졌다. 전달하려고 마음먹는 순간부터 전달할 수 없었다. 내 기억과 감정이 진실한 것과 그 진심을 타인에게 전달하는 건 다른 일이라고 체념하며 기도했다. '우리 가족이 행복하게 해주세요. 웃게 해주세요.' 같은 내용으로 10년 넘게 기도하며 폭력에서 벗어날 수 있는 힘도 없으면서 폭력에서 벗어나고 싶은 마음만으로 달라지는 건 없다고, 그게 내가 사는 세상이라고 스스로에게 말했다. 내 마음은 점점 싸늘해졌다.

나중에 '학습된 무기력'이라는 심리학 용어를 알게 되었다. 이 말은 피하거나 극복할 수 없는 부정적인 상황에 지속적으로 노출되면서 어떠한 시도나 노력도 결과를 바꿀 수 없다고 체념하는 현상을 일컫는다. 미국 심리학자 셀리그만은 1967년 개를 대상으로 전기고문을 가하는 실험을 진행했다. 전기 고문당한 개들을 환경은 유사하지만 다른 장소로 옮겼다. 새로운 곳에서는 전기 고문이 행해지지 않았지만 개들은 여전히 공포와 고통을 느낀다. 이는 처음 고문에 노출되었을 때 아무리 애써도 벗어날 수 없었던 상황에서 느꼈던 무기력감이 고문을 벗어날 수 있는 상황에서도 지속된다는 사실을 보여준다. 그 개들처럼 나와 동생들은 맞지 않을 때도 금방 맞을 것만 같은 불안함에 휩싸여 있었다. 아무것도 바뀌지 않을 거라고 체념하며 한없이 무기력해졌다.

김현경 작가가 쓴 『사람, 장소, 환대』에 따르면 '체벌에 동의한다는 것은 너의 몸은 온전히 너의 것이 아니며 나는 언제든 너에게 손댈 수 있다는 가르침을 수용한다는 뜻이 된다. 모욕당하는 자가 모욕에 동의하는 순간 모욕은 더 이상 모욕이 아니다. 그것은 의례와 질서의 일부가 된다.'고 한다. 나와 동생들은 폭력에 저항할 힘을 잃고, 폭력이 잘못됐다는 생각도 잃었다. 그리고 의도치 않았지만 "당신이 폭력을 쓰는 이유에 동의합니다. 맞을 만한 짓을 했습니다." 하고 암묵적으로 폭력에 동의하는 것처럼 되었다.

내가 살았던 세상은 교과서가 규정해놓은 옳고 그름의 기준이 작동하는 곳이 아니었다. 강한 것은 옳고 약한 것은 옳지 않은 곳이었다. 말랑말랑한 생각만 가지고서는 그곳에서 견디기 어려웠다. 핑계라고, 그런 상황에서도 바르게 자라는 사람이 있다고 하면 나는 맞다고, 안다고, 내 잘못을 수긍하는 게 솔직히 힘들어서 그렇다고 인정하고 싶다. 그러면서 하소연도 하고 싶다. 내가 그런 사람이 되지 못한 건 문제지만 누구나 그렇게 살 수 있는 건 아니지 않으냐고.

나의 엄마에 대해

엄마는 일본의 한 섬마을에서 태어났다. 비행기 2시간, 배 3시간, 차 1시간에 대기시간까지 합하면 가는 데 하루가 꼬박 걸리는 외진 곳이다. 외할아버지와 외할머니는 지금도 어부로 일하고 계시다. 엄마는 새벽에 바다로 나가는 부모님 밑에서 자라 어려서부터 혼자 밥을 짓고 책가방을 챙기는 등 스스로 생활력을 기를 수밖에 없었다고 한다.

섬마을에서 벗어나고자 한 엄마는 흔히 이단으로 불리는 종교에서 활동하다가 한국으로 와 아빠를 만났다. 애초에 신앙심이 없었던 엄마는 한국에 온 뒤로 교회도 나가지 않아 아빠 이외에 친구도 만들지 않았다. 엄마는 아무 연고 없는 한국에서 가족은 자신의 유일한 끈이고 자기에게는 가족뿐이라고 했다. 그래서 아빠가 폭력을 쓴다는 사실을 알고도 쉽게 벗어날 수 없었는지도 모른다. 엄마는 순종과 헌신이란 단어가 가장 잘 어울리는 사람이었다. 그래서 아빠가 막대기 가져오라고 하면 평소에는 가지 않는 곳까지 찾아가 뒤져서 가져다주는 사람이기도 했다.

어머니는 어떤 분이셨냐는 친구 질문에 나는 〈해리포터〉에서 마법사 주인에게 평생 봉사하며 사는 집요정 같은 사람이었다고 대답했다. 그들은 주인이 자기 옷을 선물해야 자유로워진다.

"〈해리포터〉에 집요정 나오잖아. 우리 엄마가 꼭 그 집요정 같았어."

"응, 알지. 도비도 있고."

"그 영화 보면 주인이 못되게 굴고 무시하고 때리기까지 하는데 주인이라고 따르는 집요정들 엄청 많아."

"맞아. 어떤 집요정은 주인이 옷까지 주면서 해고하려고 하니까, 그러지 말라고 여기서 일하고 싶다고 애원하잖아."

"능력이 없는 것도 아닌데⋯. 웬만한 마법사보다 더 강한 마법을 부릴 수 있는데도 그래. 헤르미온느가 집요정 해방 돕겠다고 캠페인을 펴는데 관심도 없고, 자유로워졌다고 좋아하는 도비를 한심하고 이상한 존재 취급하고…. 그런 집요정이 현실에도 많은 것 같아. 내가 엄마는 아빠랑 살고 싶어? 대체 왜 참고 살아? 하고 물어보면 엄마는 아무 대답이 없어. 그 질문 이제 지겹지 않냐는 표정을 지어. 그럼 내가 나쁜 사람이 된 것 같아 입을 다물어."

한번은 영상통화를 통해 맞은 적도 있다. 중학교 3학년 때였다. 특목고 입시 서류 제출 마감을 앞두고 아빠에게 일반고나 자사고로 진학하고 싶다고 했다. 자신이 지정하는 학교에 가기를 망설이는 나에게 화가 난 아빠는 전화 통화로 "왜 이제 와서 마음을 바꾸냐.", "왜 그리 나약하냐" 등의 화를 내며 소리를 질렀다. 당시 아빠는 출장을 가서 집에 올 수 없는 상황이었다. 하지만 나를 때리고 싶어 견딜 수 없었는지 노트북 영상통화 기능을 연결해 엄마더러 나를 때리라고 했다. 나는 카메라 앞에 엎드려서 맞을 자세를 취했다. 엄마는 아빠가 그렇게 하라고 하면 하는 사람이었다. 엄마가 때리다가 마음이 약해져서 그만하겠다고 하면 아빠는 "똑바로 안 해? 집 가면 네가 맞는다."고 말했다. 나는 아빠 분노를 키우는 게 더 무서워서 엄마만 들을 작은 목소리로 "엄마, 그냥 세게 때려." 하고 아픈 시늉을 했다. 엄마가 때리는 열 대는 아빠가 때리는 한 대보다 아프지 않았다. 아빠가 정말 힘센 사람이라는 걸 그날 알았다.

영상통화를 마치고 괜찮냐고 묻는 엄마에게 나는 "엄마가 때리는 거 하나도 안 아파. 아빠는 대체 얼마나 힘이 센 거야." 대답하고 방으로 들어가 해야 할 일을 했다. 동생은 카메라 앵글 밖에서 내가 그렇게 맞는 걸 지켜봤다. 출장을 마치고 돌아온 아빠는 내게 다시 매를 들었다. 맞은 다음 다시 책상 의자에 앉으려는데 한쪽 엉덩이가 아파서 손을 짚어가며 조심조심 천천히 의자에 앉았다. 그 모습이 아니꼽던지 아빠는 다시 엎드리라고 했다. "아프냐? 그러게 왜 매를 버냐. 움직이다가 더 맞으니까 가만히 있어."라고 말해서 아파도 움직이지 않으려고 애쓴 기억이 난다. 그때 유난히 많이 맞아서인지 아프다는 표현을 참기 힘들었던 기억이 난다.

엄마에게 도망가자고 말한 적도 있다. 아빠에게 우리가 스무 번에서 서른 번 맞으면 엄마는 한두 번 정도 맞았다. 아빠가 엄마를 때리는 횟수는 우리를 때리는 횟수보다 적었고 우리 앞에서 때리는 모습도 잘 보여주지 않으려 했다. 내가 엄마에게 도망가자고 한 날은 내가 아홉 살인가 열 살쯤 됐을 때다. 안방에서 엄마가 맞는 소리가 내가 자고 있는 방까지 들려왔다. 나는 눈에 띄지 않으려고 자는 척했다. 아무것도 듣지 못한 척, 아무것도 모르는 척하며 누군가가 우리를 여기서 꺼내주었으면 했다. 자는 척하는 내내 '내일 아침 일어나면 엄마한테 도망가자고 말해야지.' 생각했다. 나는 '엄마도 아프고 무섭겠지? 내가 맞을 때 느꼈던 공포를 느꼈다면 엄마도 아빠를 미워하고 무서워할 거야. 엄마도 이런 생활에서 벗어나고 싶어 할 거야.' 확신하기도 했다. 다음 날 아침 아빠가 출근하고 학교에 가기 전에 엄마에게 이렇게 말했다. 직장이 집에서 가까웠던 엄마는 내가 학교에 갈 때쯤 출근했기 때문이다.

"엄마, 우리 도망가자. 아빠 없는 곳으로 멀리 도망가서 살자."

내 확신이 무색하리만치 엄마는 빠르게 그럴 수 없다고 대답했다.

"그래도 어떻게 그래. 집도 돈도 없이 어떻게 도망가서 살아."

돈도 집도 힘도 없는 나는 결국 여기로 다시 돌아오는 수밖에 없구나 싶은 절망감을 안고 학교에 갔다. 그날도 아빠가 돌아온 뒤에 폭력을 쓸까봐 저녁까지 얼마나 두려워했는지 모른다. 종일 학교에 있을 수 있다면 그렇게 하고 싶었다. 학교에서는 누구도 나에게 폭언과 폭력을 일삼지 않았다. 나는 그저 책상에 앉아 기도했다. 우유를 마실 때도 기도하고 급식 먹을 때도 기도하고 쉬는 시간이 돼도 기도했다. '제발 우리 가족이 행복하게 해주세요. 우리 가족이 웃게 해주세요. 이 폭력을 멈춰주세요.'

그때 도망갔다면 인생이 달라졌을까? 그때로부터 10년이 지나 아빠를 가정폭력으로 신고하고 쉼터에 들어가고 4개월쯤 지났을 때 엄마는 "그래도 이렇게 사는 건 아닌 것 같아. 아빠에게 연락해야 하지 않을까? 만나봐야 하지 않을까?" 하고 나와 여름이에게 말을 꺼내 우리는 '벙찐' 표정으로 그저 엄마를 쳐다만 봤던 기억이 난다. 왜 폭력을 버티고 있어야 하는지 이해할 수 없었지만 돈도 힘도 없는 나는 엄마가 어이없는 소리를 하든 버리고 떠나든 받아들일 수밖에 없었다. 불의에 체념하고 포기하는 방식으로 사는 데 익숙해진 대신 나는 언제나 경계를 풀지 않고 날을 세우는 아이가 됐다. 나는 엄마 같은 집요정은 되기 싫었다.

언젠가 엄마가 주방에 쭈그리고 앉아서 울고 있기에 무슨 일이냐고 물었다. 엄마는 아무것도 아니라며 대답을 해주지 않았다.

"그런데 왜 울어."

"아니야. 괜찮아."

"아빠가 뭐라고 했어?"

"아니, 그냥."

"말해봐, 엄마. 난 이런 거 무섭단 말이야. 그냥 알려줘."

이런 말을 하는데 엄마 다리에서 멍이 보였다. 굳이 듣지 않아도 무슨 일이 있었는지 알 수 있었지만 나는 꼬치꼬치 캐물었다. 무슨 일로 아빠가 화가 났는지, 화를 내면서 무슨 말을 하고, 어떤 표정을 짓고, 목소리 톤은 어땠는지, 화의 강도가 어떤 정도였는지, 집에 돌아와서 다시 화를 낼 정도인지, 한 번 때린 걸로 잠잠해질 정도인지 알기 위해 꼬치꼬치 캐물었다. 아빠를 주시하고, 경계하고, 끊임없이 살피며 폭력 상황이 일어날 복선을 알아두어야 그런 일이 반복되는 것을 그나마 막고 대비할 수 있었기 때문에 나와 동생들은 아빠에게 있었던 일과 감정 상태를 알아둬야 했다.

화가 많아도 너무 많은 사람과, 화를 내야 할 상황인데도 화를 내지 않는 사람을 모두 보며 자라서인지 나와 동생들이 상식과 비상식, 정상과 비정상을 가르는 판단 능력은 자연스레 흐려졌다. 시간이 걸리더라도 옳고 그름이 무엇인지 고민할 시간이 없었다. 어떻게 해야 무사히 살아남을 수 있을지 빠르게 판단해야 하는 상황에 자꾸 놓여졌다. 마음 편히 집에서 쉬지도 어딘가로

훌쩍 떠날 수도 없음에 답답함이 차오르는 날이면 일기를 썼다.

떠날 수가 없잖아. 갈 곳도 없고 돈도 없고. 동물원에 갇힌 동물도 갇혀 있다는 거 알면서 못 떠나잖아. 맞을 거 알아도 도망 못 가. 나도 말도 안 된다고 생각해. 세상은 말 되는 것만으로 이뤄져 있지 않아.

굳이 통계를 찾아보지 않아도 많은 사람들이 아버지폭력이 일어나도 참고 숨긴다. 가족 구성원을 신고해서 일을 키우고 싶지 않아 한다. 바깥에서 생전 모르던 사람에게 맞았다면 신고하거나 벗어나려고 노력하는 데 주저하지 않았을지도 모른다. 하지만 나를 때리는 사람이 내 보호자, 부모가 되면 그러기가 더 어렵다. 나도 집에서 폭력이 벌어진다는 사실을 되도록 숨기려고 했다. 잘못돼서 숨겼다기보다 정상 가족에서 벗어난 가정임을 드러내는 게 비참하고 부끄러워서 숨겼다. 아빠가 우리를 때린다는 사실을 알았던 할머니, 삼촌, 고모도 눈을 감았다. 아빠에게 잘못했다고 하지도 않았고 우리를 위로해주지도 않았다. 할머니는 되려 "할아버지도 쉰이 넘으니까 잠잠해지더라. 아빠가 쉰 넘을 때까지 참아봐라." 하고 말했다. 나는 그 말을 희망

삼아 붙잡고 폭력을 참았다. '아빠가 얼른 나이 들어서 기력이 쇠약해졌으면 좋겠어.' 하고 바랐다.

　동시에 엄마에게 한 번도 좋은 딸이 되어본 적이 없다. 왜 아빠의 폭력으로부터 우리를 지켜주지 못했냐고, 아빠를 떠나지 않았냐고 원망만 했다. 아빠한테는 맞서는 말을 할 용기 하나 없으면서 엄마는 훨씬 쉬운 상대니까 그런 말을 쏟아냈다. 아무 힘도 없는 엄마를 붙들고 날선 말을 내뱉은 적도 있다.

　"엄마, 나는 살면서 힘들지 않은 적이 없었어. 그런 적이 한 번도 없었어. 정말 없었어. 뭐 하려고 셋이나 낳았어? 감당도 못할 거면서 어쩌자고 이렇게 많이 낳았어? 아니. 그렇게 쳐다만 보지 말고 어떤 생각이었는지를 말해봐. 엄마도 결혼하기 전에 뭔가 생각이라는 게 있었을 거 아니야. 생각 없이 아이를 갖지는 않았을 거 아니야. 만약에 내가 태어나기 전에 태어날지 안 태어날지 선택할 수 있었다면 말이야. 무얼 선택하고 싶은지 알아? 나는 안 태어나겠다고 선택했을 거야. 응? 나한테 너는 태어나서 너를 때리는 아빠를 만나고, 폭력에 반항하지 못하는 엄마를 만나 살면서 불안과 공포를 자주 겪고 가정폭력 피해자 시설에도 들어가고 언제 닥칠지 모르는 불행을 겁내며 살 텐데 태어나겠니?라고 물어봤다면 나는 태어나지 않겠다고 대답했을 거야. 이럴 줄 알았으면 태어나지 않게 해달라고 말했을 거야. 나한테는 태어나는 것에 대한 선택권이 없었지만, 엄마는 나를 낳을지 말지 선택할 수 있었잖아. 엄마. 그러니까 말해봐. 도대체 어쩌자고 이렇게 낳았어? 잘 키우면 돈이라도 될 줄 알고 낳았어? 잘 키울 수도 없으면서 괴로운 인생 하나 더 만들자고 이렇게 낳았어? 응? 맘대로 낳아놓고서는 왜 살라는 거야? 뭐라고 말이라도 좀 해봐. 이렇게 구질구질하게 삶을 이어가야 하는 이유가 대체 뭐야?"

엄마는 입을 다물었고 나는 목소리를 더 높였지만 속으로는 나도 알고 있었다.

'이게 아닌데… 이게 아닌데….'

피해자가 피해자를 원망하고 속상해하는 사이 아빠의 폭력은 계속되었다.

진심도 변한다는 슬픈 자각

좋지 않은 기억만 있었던 것은 아니다. 힘든 마음에 가려졌지만 웃는 날도 분명 있었다. 일요일 밤이면 다른 가족들처럼 TV앞에 모여 앉아 〈개그콘서트〉를 보면서 함께 웃었다. 다 함께 여행가는 차 안에서 들리는 노래를 따라 부르기도 하고 놀이공원에서 놀이기구 기다리는 줄에 서서 장난을 치며 웃고 떠들기도 했다.

'좋았던 기억조차 없이 사는 사람이 있을 테니까 나는 아빠와 엄마에게 감사하자. 삶에 감사하자.' 다짐해본 날도 있었지만 '이럴 거면 왜 낳았어?' 원망하는 날이 더 많았다. 아빠는 우리에게 좋았던 날을 상기시키며 협박하듯 말했다. "이딴 식으로 말 안 듣고 살 거면 그때 내가 사주는 그 고기는 왜 먹었어?" 하면서 배를 꼬집기도 하고, "놀이공원까지 데려가 줬더니 이 정도밖에 못해?" 하면서 발로 차고, "내가 너희 때문에 밖에 나가서 얼마나 고생하고 있는지 알아?" 하면서 욕을 했다. 나중에는 아빠가 잘해주면 불안했고 나에게 돈과 마음 모두 쓰지 않으면 했다. '들뜨지 마. 가졌다고 착각하지 마. 좀 잘해준다고 긴장 풀지 마. 지금 느끼는 행복은 나중에 닥칠 배부름의 대가야.' 같은 생각이 머리에 각인됐다.

초등학교, 중학교 때까지만 해도 어버이날을 앞두고 카네이션을 만들거나 부모님에게 편지 쓰는 시간을 가지곤 했다. 나도 여느 다른 학생들처럼 색종이나 한지를 이용해서 카네이션을 만들고, 엄마 아빠에게 편지를 썼다. '키워주셔서 감사해요. 사랑해요. 건강하세요.' 같은 문장을 써넣었다. 그런데 하필 어버이날 전날인가 아빠 성미를 건드려 혼나는 바람에 집 안 분위기가 안 좋았던 적이 있다. 이유는 기억이 나지 않는다. 다음 날 출근하는 길에 현관 앞에 서 있는 아빠에게 쭈뼛쭈뼛 다가가서 카네이션을 건넸는데, 아빠는 그걸 받아서 한 번 무심하게 보더니 현관 바닥에 던지고 나갔다. 맞는 것과는 다른 종류의 통증을 느꼈다. 심장이 쿵하고 떨어지는 기분. 내가 뭔가 잘못해서 혼나는 것은 머리로나마 이해해 볼 수는 있지만 나의 분명한 선의가 짓밟히는 건 머리로도 이해할 수 없었다. 그냥 마음이 아팠다. 그날 바닥에 떨어진 카네이션처럼 버려진 것 같았다.

　　나중에 『경계선 성격장애』라는 책에서 부모와 아동이 상호작용하는 방식에서 발생하는 문제 세 가지 중 한 가지가 '아동에 대한 부모의 정서적 보살핌이 일관적이거나 안정적이지 못한 경우'라는 사실을 알게 됐다. 아동을 대하는 부모의 태도가 어떤 때는 긍정적이었다가 또 어떤 때는 부정적일 경우 아동은 혼란에 휩싸여 동일 대상에게 상반된 이미지를 형성하는 '분열'을 겪는다고 한다. 이들은 '사람들은 언제 내게서 등을 돌릴지 모르기 때문에 믿을 수 없다.', '다른 사람에게 도움을 요청하는 것은 나약함의 표시다.'와 같은 부정적인 인지도식을 주로 사용해 일상생활에서 경험하는 여러 사건을 왜곡해서 지각하고 부정적인 행동 패턴을 반복하고 부정적인 인지도식을 강화한다고 한다. 진단을 받은 건 아니지만 이러한 성격장애 관련 설명을 읽으며 당시 내가 겪은 심리가 분열과 유사하다고 느꼈다. 언제나 경계하며 사람들을 믿지 못하고 버려질까 두려워했기 때문이다.

싫은 날

어느 날인가 우리 집 화장실을 수리해야 해서 옆집에 사는 할머니네 화장실을 이용해야 했던 적이 있었다. 그날도 아빠가 시킨 공부를 하지 않아 몇 대 맞고 난 후 공부를 하던 중이었는데, 중간에 화장실이 급해 옆집에 갔다 오겠다고 했다. 옆집 화장실을 이용하고 집에 가려는데, 할머니가 왜 이렇게 표정이 좋지 않으냐며 나를 불러 세웠다. 나는 집에 가야 한다며 할머니의 부름에 응하지 않았다. 그런데 할머니가 계속 자신에게 오라고 하셨다. 나는 어쩔 수 없이 할머니에게 갔다. 할머니는 나를 안아주셨다. 할머니가 그때 무슨 생각을 하셨는지는 모르겠다. 나는 할머니 품에 안겨서 울었다. 품속이 따뜻했다.

내가 오랜 시간 집에 오지 않아 이상하게 여긴 아빠는 할머니 집을 직접 찾아왔다. 아빠는 할머니 품에 안겨 있는 나를 보고는 나오라고 했다. 나는 순순히 아빠 앞으로 나갔다. 나를 불러 세웠던 옆집 할머니는 아무 말이 없었다. 집에 들어서니 아빠가 방문을 잠그고 나를 있는 힘껏 때리기 시작했다. "화장실 갔다 오라고 했더니 거기서 질질 짜고 있냐." 뭐 그런 말을 하면서 때렸다. 나는 속으로 '할머니가 부르지만 않았어도… 그러지만 않았어도…' 라고 생각했다. 온기는 짧았고 온기를 느낀 짧은 기억은 길고 긴 냉기 속 나를 더 비참하게 만들었다. 힘없는 마음이란 얼마나 부서지기 쉬운가. 나는 힘 있는 사람이 되고 싶었다.

텅 빈 놀이터 벤치에 누군가 다녀간 온기

왜 따뜻함이 날 더 춥게 만드는 거야

웅크린 어깨에 얼굴을 묻다가

주머니 속에 감춘 두 손이 시리네

_작사/작곡 아이유, 〈싫은 날〉

피해자와 가해자 사이

호가호위狐假虎威. 여우가 호랑이 위세를 빌려 호기를 부린다는 뜻을 가진 사자성어다. 삼남매 중 장녀인 나는 자연스럽게 아빠가 없는 곳에서 아빠 자리를 대신했다. 어린 나는 아빠가 없을 때 종종 동생들을 때렸다. 아빠는 자기나 엄마가 없을 때는 네가 대장이니까 동생들을 이끌어야 한다고 했고 그 말은 내 폭력을 정당화시켜 주었다. 동생들이 내 말을 안 들으면 '아빠한테 이른다.' 같은 협박부터 시작해서 매를 휘두르기까지 했다. 나는 내가 나쁜지도 모른 채 나빠졌다. 폭력에 길들여진 동생들은 아빠 대리인 역할을 하는 나에게도 저항하지 않았다. 여동생 여름이에게 화가 나서 핸드폰 모서리로 동생 머리를 세게 찍은 적도 있다. 동생들이 내 심부름을 하지 않거나 반박하거나 내 말대로 하지 않으면 동생이 울 때까지 머리카락을 잡아당기기도 했다. 컴퓨터를 사용하고 싶은데 동생이 양보하지 않으면 소리부터 질렀다. 초등학생이 되기 전에는 '아빠한테 이른다.'고 하면 동생이 알아서 말을 듣곤 했는데 나중에는 이마저도 통하지 않아서 폭력을 썼다. 손톱으로 할퀴어서 피가 나는 경우도 있었고 동생이 울면서 소리 질러서 옆집 아주머니가 문을 두드리고 나더러 그러지 말라고 한 적도 있었다.

공부하지 않는 동생 때문에 화가 잔뜩 난 아빠가 내게 "내가 얘 공부하는 거 보고 있으면 화가 나니까 네가 가르쳐라." 하고 말한 날도 있었다. 나라고 화내지 않고 가르치는 방법을 아는 건 아니었다. 내가 묻는 것에 동생이 틀리게 대답하면 나는 동생을 때리거나 협박했다. 있는 대로 소리를 지르며 "이 새끼, 저 새끼" 하고 욕을 했다. 동생이 제대로 대답하지 않을 때면 화가 치밀어 올랐다. 동생이 아빠 앞에서 실수하면 제대로 가르치지 않았다고 내가 혼날 것이 눈에 훤했기 때문이었다. 때린다고 제대로 답하게 되는 것은 아니었을 텐데 나는 화를 주체하지 못하고 폭력을 행사했다. 그러면 동생이 아빠에게 가서 말했다. "누나가 공부 가르치면서 나를 때렸어요."

그러면 아빠는 내게 "내가 안 때리려고 너한테 맡겼더니 네가 때리면 어떡하냐? 몇 대 맞을래?" 하고 물었다.

일러바친 동생을 노려보며 나는 속으로 중얼거렸다. '씨발새끼.'

그러고 나는 열 대를 맞겠다고 했다. 그렇게 열 대를 맞고 방으로 돌아와서는 동생한테 욕을 했다.

폭력이 대물림됐다. 나와 동생들에게만 해당되는 이야기는 아니다. 나와 동생들은 아빠한테 맞았고, 아빠는 아빠의 아빠에게서 맞았다. 아빠의 아빠는 어린 나이에 어머니를 잃고 어려서부터 돈을 벌어야 했다고 했다. 인권이라는 인식이 제대로 박혀 있지도 않은 시대였다. 뉴스에서도 가정폭력이나 아버지폭력에 관한 보도가 종종 나오고는 한다. 나도 관련 뉴스를 볼 때면 불우한 가정환경 출신들이 그렇지 않은 환경에서 자란 사람들보다 범죄를 저지를 확률이 높을 거라고 무의식적으로 생각했다. 〈한겨레〉 탐사기획팀 기자 다섯 명이 2008년부터 2014년까지 우리나라에서 학대로 사망한 아동 실태를 조사한 『아동학대에 관한 뒤늦은 기록』에 따르면 "자기 자식을 죽인 가해자들을 만날 때면 그들이 어린 시절 경험한 폭력의 이야기를 들어야 했다.”고 한다. 우리도 그랬다. 아빠가 할아버지에게 맞은 이야기를 들으며 자랐다. 우리는 맞을 때 이런 말을 자주 들었다.

"내가 얼마나 힘들게 자라왔는지 너희가 알아? 나는 더 심하게 맞았다. 맞기만 한 줄 아냐? 우리 때는 먹을 것도 없었어. 집이 아주 지옥이었다. 너희들이 배부르니까 복에 겨운 것 같은데 그때랑 비교하면 너희들은 행복한 줄 알아야 한다. 니들이 무슨 생각하는지 알아. 내가 잘못했다고 생각하지? 나도 어렸을 때 할아버지가 때리면 너무 고통스러워서 나는 절대 아이들 때리지 말아야지. 생각했는데 지금 봐라. 내가 너희를 이렇게 때리고 있지 않냐. 너네는 안 그럴 것 같다고 생각하지? 너네도 그렇게 될 거다. 다 그렇게 되더라."

불행하게도 아빠 말이 맞았다. 나는 열 살도 채 되지 않은 나이에 자연스럽게 폭력의 대물림이라는 굴레 속으로 들어가며 나도 어렴풋이 폭력을 물려주는 어른이 될 것이라 짐작했다. "너도 나처럼 폭력적인 사람이 될 것이다."라는 아빠 말이 자기 암시처럼 내 머리에 새겨졌다. 이미 '글러 먹었다'는 체념도 했다.

양익준 감독의 영화 〈똥파리〉에는 이런 대사가 나온다.

누굴 때리는 씹새끼 있잖아. 그 새끼는 지가 안 맞을 줄 알거든? 근데 그 씹새끼도 언젠가 존나게 맞는 날이 있어요. 그런데 그날이 좆같이도 오늘이고, 때리는 새끼도 좆같은 새끼네. 씨발, 이 나라 애비들은 아주 좆같애. 븅신들 같은데 지 가족들한테는 아주 김일성같이 굴라 그래. 씨발놈들이. 니가 김일성이야 씨발새끼야? 김일성이냐, 이 씨발놈아? 어?

피해자가 가해자가 되고, 어딘가에서 을이었던 사람이 다른 곳에서는 갑이 된다. 상처를 받은 사람이 상처를 주게 되고, 맞은 사람이 때리는 사람이 된다. 투명한 물에 검은 물감을 한 방울 떨어트리면 가만히 있지 않고 전체에 퍼지듯이 그렇게 사람 마음에 악한 마음이 퍼지는 것은 순식간이다. 마음의 변화 또한 계속해서 진행되는데 그 변화는 아주 미세하게 시작되어서 쉽게 알아차리기 어려울뿐더러 알고도 지나치기 쉽다. 길을 잘못 든 사람이 자신이 길을 잘못 들었다는 사실을 알아챘을 때는 대체로 이미 너무 멀리 와 있다.

인간관계에서 문제가 발생하면 어떻게 해결하면 좋을지 고민하고 당사자와 이야기 나누고 설득하는 게 좋은 방법이라고 학교에서 배우긴 했는데 내가 처해 있는 현실에서는 한 번도 본

적 없는 방법이었다. 나는 아빠의 폭력이 체화된 것도 모르고 동생들과의 사이에서 발생하는 문제를 폭력으로 해결하려고 들었다. 폭력의 굴레를 돌고 돌았다. 이 악순환을 구성하는 요소들은 또 얼마나 촘촘하게 얽혀 있는지 웬만한 선한 마음이 이 악순환 속에 들어와서 끊어보려고 해도 다 튕겨져 나갔다.

스무 살 넘어 만난 상담 선생님과 내 안에 있는 폭력성에 대한 대화를 나누었다.

"아빠만큼 제 감정도 항상 부글부글 끓고 있었어요. 집에서 아빠랑 성격이 제일 비슷한 사람이 저라고 생각했어요."

"어땠는데요?"

"화가 나면 미칠 것 같았어요. 어떻게 해야 가장 잔인하게 동생들 마음을 후벼 팔 수 있을까 생각했어요. 그런 말을 찾아서 쏟아내고 여름이와 진형이를 손톱으로 피가 나게 할퀴고, 울면서 그만하라고 할 때까지 머리카락을 잡아당겼어요. 언제부터 그렇게 힘없는 마음을 우습게 여기기 시작한 건지 모르겠어요. 아빠랑 똑같이 매를 들고 진형이를 때린 적도 있어요. 그게 초등학생 때였어요. 열한 살인가, 열두 살인가. 그때 마음이 어땠는지 아주 조금 기억이 나요. 더 악독하게 나빠지고 싶었어요.

더 나빠지고 싶고 더 때려서 동생을 무릎 꿇리고 싶고, 힘을 쓰고 그 힘이 영향을 미치는 걸 눈으로 볼수록 더 폭력을 쓰고 싶은 충동이 떠올랐어요. 동생이 그만 때리라고 하면 할수록 아파하면 할수록, 약하게 보일수록 머리가 더 핑핑 돌고 뭔가가 계속 솟구쳤어요."

"…잘못을 많이 했네요."

선생님은 내게 잘못했다며 동생에게 지금이라도 꼭 사과하라고 말해주셨다. 시간이 많이 지났다고 사라지는 건 아니라면서.

"맞아요. 얼마나 힘들었을지 누구보다 제가 제일 잘 알아요. 맞을 때 고통이 얼마나 사람을 미치게 만드는지도 정말 잘 알아요. 그때는 자연스럽게 그렇게 됐어요. 자연스럽게⋯. 화산이 폭발할 거라는 사실을 알고 있다고 해서 폭발을 막을 방법까지 알게 되는 건 아니지 않아요? 어려서부터 제 인간성이 어느 밑바닥까지 갈 수 있는지 확인할 기회가 참 많았어요."

"어떻게요?"

"글쎄요. 결정적인 계기가 있어서 알게 되었다기보다는 아주 천천히, 조금씩 알게 됐어요. 인간이어서 알게 된 걸까요?"

"⋯⋯."

"그러게요. 제 밑바닥을 전 어떻게 알 수 있었을까요? 감정이 있어서 그럴까요? 의식이 있기 때문이었을까요? 어떻게 손쓸 수가 없었어요."

　가해자가 된 피해자. 가해자가 될 피해자. 실타래는 마구잡이로 엉키고 그 실타래를 풀 시간과 마음은 없었다. 너도 가해자가 될 거라는 말 때문에 저항할 권리도 당당하게 주장할 수 없었다. '아빠는 말도 안 통하고 답도 없는 악한 인간이야. 날 때부터 글러 먹어서 도저히 처치 곤란한 사람이었어. 그 사람은 완벽한 가해자고, 우리는 완벽한 피해자야.'라고 단정 지을 수 있었다면 차라리 문제가 쉽게 풀렸을지도 모른다. 그렇게 사람을 선과 악의 이분법으로 나눌 수 있었다면 나는 쉽게 아빠를 마음으로부터 밀어낼 수 있었겠지만 나는 어려서부터 내 안에서 피어오르는 피해자와 가해자 감정을 같이 보았고 나는 있었던 것을 못 본 척 지나칠 수 없는 유형의 사람이었다.
　이 집에서 유일하게 아빠 감정을 이해할 수 있는 사람이 있다면 그게 바로 나일 거라고도 생각했다. 아빠에게서 가장 멀리 달아나고 싶으면서 동시에 아빠에게서 가장 사랑받고 싶었다. 모순된 두 감정을 오가던 내가 바라는 건 하나였다. 무사히 하루를 살아남는 것. 나는 죽을 만큼 힘든데 아빠는 내게 잘못이 있다고 하니 다른 사람에게 도움을 요청할 수도 없고 내가 해결할 수도 없었다. 내게 보이는 이 상황을 밖에서 누군가가 본다면 보자마자 토할 것같이 더럽고 어지러워서 도망가고 싶은 마음이 저절로 들게끔 아주 손쓸 수 없이 망가져 보일 거라고. 잔인하지만 그게 사실이라고 생각했다.

현재 나와 폭력을 쓰던 나 사이에는 간극이 크다. '화산이 폭발할 거라는 사실을 알고 있다고 해서 폭발을 막을 방법을 알게 되는 건 아니지 않아요?' 같은 말은 궤변이다. 하지만 내가 그런 비유를 떠올릴 수밖에 없었던, 궤변으로밖에 표현할 수 없는 엉망인 마음으로 살았던 건 사실이다. 주워 담을 수 없는 엎질러진 물이다. 그때는 윤리적 판단이 하나도 서지 않았다. 조소와 불신, 원망, 분노에 익숙해 사랑, 온기, 믿음 같은 단어를 마주해도 알아보지 못했다. 그런 단어가 있다는 것만 알 뿐 느껴본 적 없는 사람이었기 때문에 그런 말과 그런 말을 하는 사람을 믿지 못하고 우습게 여겼다.

가던 길을 멈춰 세울 만큼 큰 마찰력이 없으면 사람은 관성대로 살 수밖에 없는 게 아닐까 생각했다. 아빠도 그저 관성대로 살았던 게 아닐까. 본대로, 들은 대로, 배운 대로, 몸에 새겨진 습관대로. 가속도까지 붙어서 멈추지도 않고 말이다. 후에 나는 공지영의 『우리들의 행복한 시간』이라는 소설을 시작으로 책을 읽으며 자기반성을 하며 후회하면서 스스로를 괴롭혔다. 이때가 열다섯 살쯤이었다. 책이 폭력을 멈추고 잘못을 돌아보게 하는 마찰력이 되어주었다. 멈춰야 한다고 마음먹기 전까지 나는 내가 문제라는 사실을 몰랐다.

　세상이 미덕을 가르치는 이유는 사실 사람 마음에 자연스럽게 피어나기 쉬운 것이 미덕보다 악덕이기 때문이 아닐까 하는 생각도 들었다. 이상세계를 찾는 이유는 현실세계가 지옥 같아서가 아닐까, 선하고 도덕적이며 강직한 사람을 보고 놀라며 반기는 이유는 사실 현실에서 그런 사람이 매우 드물기 때문이 아닐까…. 내가 살고 있는 세상과 내가 살고 싶은 세상 사이 거리가 너무 멀었다. 나도 이상적인 세상에 살 수 있기를 바랐다.

여름과 진형, 동생들에 대해

같은 피해자지만 동생들과 사이는 그렇게 좋은 편이 아니었다. 동생들은 아빠가 없을 때 아빠처럼 굴며 폭력을 쓰던 나를 피했고 뒤에서 내 욕을 했다. 엄마는 동생들에게 폭력을 쓰는 나에게 그러지 말라고 했지만 어렸던 나는 그 말을 우습게 여겼다. 오히려 아빠한테 맞고 난 밤이면 평소에 없던 우애가 생기기도 했다. 맞고서 울면서 서로를 위로했고 멍든 팔이나 다리를 보면서 안타까워했다. 그 마음은 진심이었다. 아이들은 영악하지만 슬픔과 고통 앞에서는 순해진다. 슬프게도 그럴 때만 마음이 하나 되어 똘똘 뭉치고 다시 일상이 찾아오면 싸우고, 냉대하고, 무시하고 그러기를 반복했다.

아빠가 공부하라면 하고 때리면 맞던 나와는 달리 남동생 진형이는 공부를 하라고 해도 하지 않고, 때리면 도망가기도 하고, 하지 말라는 말을 듣고도 하고 싶은 건 하고야 마는 아이였다. 어느 날 수업을 마치고 집에 돌아왔더니 현관에서 깨진 유리창을 정리하고 있는 아빠를 마주했다. 진형이는 이미 방 안에서 손을 들고 벌서고 있었다. 아빠는 "어린 놈 새끼가 돈도 함부로 쓰고 자기가 안 썼다고 거짓말까지 했다."며 진형이에게 화를 냈다. 진형이는 만 원 정도 하는 닭강정을 사먹은 데다 혼이 날까 봐 자신이 아니라 친구가 샀다고 거짓말을 했다. 아빠는 우리 거짓말을 귀신같이 알아챘고 남동생은 들킬 거짓말을 유난히 자주 했다. 아빠는 거짓말을 하는 사람이 제일 싫다며 진형이를 때렸고 맞지 않기 위해 도망가는 진형이를 쫓다가 유리창이 깨진 상황이었다. 아빠는 금방 새것으로 바꾼다며 임시방편으로 깨진 유리 조각들을 테이프로 이어 붙였다. 테이프로 이어 붙인 유리는 생각 외로 오랜 시간을 버텼다. 처음 며칠은 테이프로 이어 붙인 그 유리가 흉하다는 생각이 들었지만 곧 그 풍경에 익숙해졌다. 실제로 유리를 완전히 교체하는 데에는 몇 달의 시간이 걸렸다. 그리고 우리는 그 집에서 꽤 오랜 시간을 살았다.

동생들은 폭력을 견디지 못하고 가출을 하기도 했다. 여동생 여름이는 한 번, 진형이는 세 번인가 네 번 집을 나갔다. 여름이가 가출한 때는 여름이가 막 중학교 3학년 올라가던 무렵 겨울이었다. (책 뒷부분에 실린 '여름이 글'에 이 가출할 당시 내용이 진술되어 있다.) 아빠는 또 무슨 일로 여름이에게 화가 나 체벌용 나무막대기를 찾으러 갔다. 옥상이나 집 근처에서 길고 때릴 만한 막대기를 찾으러 나간 그 사이에 여름이는 집 밖으로 도망쳤다. 나는 그 과정을 지켜만 봤다. 우리에게 불똥이 튈까 걱정이 되긴 했지만 그러지는 않았다. 밤에 잠자리에 누운 채로 엄마와 여름이 걱정을 했다. 추운데 어디 갔을까, 가진 게 아무것도 없을 텐데, 하고.

다음 날 엄마는 여름이로부터 전화를 받았다. 여름이는 당시 엄마가 다니고 있던 회사에 가서 돈이랑 옷가지들을 빌려서 학원에 갔다. 그러고선 저녁에 다시 집으로 돌아왔다. 웬일인지 별일 없이 하루가 마무리되었다.

여름이에게 도대체 그때 어디로 간 건지, 무슨 생각으로 나갔는지 물어봤다.

"나도 몰라. 진짜 어떻게 그럴 수 있었는지 모르겠는데 나가서 무조건 달렸어. 뒤도 안 돌아보고 달렸어. 이제 아빠도 쫓아오지 않겠다 싶은 데서 멈췄어."

　남동생이 열 살인가 열한 살 때 집을 나갔던 날 기억도 난다. 여느 때처럼 우리 셋은 책상 앞에 앉아 문제집을 펼쳐 놓고 공부를 하면서 나랑 여름이는 틈틈이 핸드폰을 보고 있었고, 남동생은 하필 졸음에 빠져 있었다. 그 순간 우리 방으로 향하는 아빠 발걸음 소리가 들려, 나와 여동생은 급하게 핸드폰을 의자 밑에 감추고 문제집을 푸는 척했다. 하지만 남동생 진형이는 그 소리를 못들은 채 여전히 졸고 있었다. 아빠는 그 모습을 보고서는 막대기를 가져오라고 했다. 남동생은 막대기를 가지러 집 밖을 나서는 길로 그냥 집을 나가버렸다. 나와 여동생은 죄책감을 느꼈다. 깨워줬어야 하는데 나 혼자 살겠다고 그러지 못했음에 자책했다. 남동생은 이틀인가 지나서 집에 돌아왔다. 남동생도 맞고 뒤를 이어 우리도 맞았다. 남동생은 집을 나갔다는 이유로, 엄마와 나와 여동생은 그런 남동생을 잘 관리하지 못했다는 이유로 맞았다. 코피가 많이 나서 입으로 숨을 쉬는 나에게 아빠는 시끄러우니까 입을 다물라고 했다. 아빠는 우리에게 잘못이 있다고 했고 우리는 아빠에게 잘못했다고 했다. 우리는 항상 아빠에게 잘못했다고 했다.

유년 시절 동생들과의 추억을 떠올려보라면 추억보다는 어떤 인상만 남아 있다. 가장 먼저 떠오르는 인상은 방학 중 대낮의 무기력한 공기다. 나는 방학이 싫었다. 방학이면 친구들은 주로 학원에 갔지만 우리는 갈 곳이 없어서 집에서 TV를 보거나 컴퓨터하기를 반복했다. 학교에 가면 친구도 있고, 할 일도 있고, 놀이터에서 친구와 놀 수도 있으니 학교에 가는 게 차라리 좋았다. 무엇보다 학교가 집보다 안전했다.

방학에 눈을 뜨면 동생들은 잠을 자고 있거나 TV를 보고 있었다. 익숙한 광경으로 하루를 시작하고 엄마가 출근하기 전에 해두고 간 아침을 먹으러 주방으로 들어갔다. 동생들이 TV를 보고 있으면 나는 컴퓨터를 했다. 게임을 하거나 인터넷 서핑을 하며 헤매다가 눈이 아파지면 컴퓨터를 끄고 잠에 들었다. 낮잠을 자고 침대에서 눈을 뜨면 아무것도 달라져 있는 것이 없었다. 동생들은 여전히 TV를 보고 있었다. 그때 내 주변을 감싸고 있었던 공기는 유난히 무기력했던 것처럼 느껴진다. 그곳에서 숨을 쉬고 있는 동안에는 어떤 희망도 떠오르지 않았다. 절망 섞인 어두운 공기가 몸을 타고 흐르고, 그 공기에 잠겨서 헤매어 가라앉아 있었던 기억이 난다.

어쩌다 나처럼 학원도 가지 않고 집에 자신을 반겨줄 어른도 없는 친구를 만날 때면 놀이터에서 똑같은 놀이를 지겨워질 때까지 반복해서 하고 또 했다. 배가 고파질 때쯤이면 엄마가 퇴근하고 집에 올 시간이었다. 엄마가 오는 건 좋았지만, 엄마가 왔다는 건 아빠가 올 시간도 얼마 남지 않았음을 의미했기 때문에 좋았던 기분은 금세 사라졌다. 아빠가 누르는 초인종 소리가 울리면 우리는 군대에서 대장이 왔을 때 움직이는 병사들처럼 급하게 보던 TV를 끄고 방을 치울 수 있는 만큼 치우고 우당탕탕 소리가 나게 움직여서 현관 앞으로 가 '다녀오셨어요.' 하고 인사했다.

유명한 심리 실험 중 '파블로프의 개' 실험이 있다. 개에게 종소리를 들려준 뒤 먹이를 주는 행위를 반복했을 때 개는 나중에 종소리만 듣고도 먹이를 줄 것이라 예상하고 기대한다. 우리도 비슷했다. 나와 동생들은 아빠에게서 오는 전화벨 소리, 초인종 누르는 소리를 듣는 것만으로도 겁을 먹고 불안해했다. 매일 폭력을 쓰거나 기분이 나쁜 것도 아닌데 소리만으로 움츠러들었다. 운이 좋은 날이면 다같이 TV나 보다가 하루가 마무리됐다. 밤에는 모두가 잠에 든다. 잠에 드는 시간이 좋았다. 문제는 해가 다시 떠오른다는 사실이지만.

남동생과 길을 걷다 이런 말을 주고받기도 했다. 함께 도서관을 향해 걷는 중이었다. 횡단보도 앞에 서 있는데 나와 동생에게 같은 생각이 떠올랐다.

"뛰어들고 싶다."

"뛰어들자."

"그래"

"……."

"……."

우리는 뛰어들지 않았고 신호가 초록불로 바뀌자 횡단보도를 건넜다. 우리는 내일을 없앨 수도 오늘을 살 수도 어제를 잊을 수도 없었다.

동생은 아빠와 관련된 꿈을 자주 꾸고 깨어나서 이야기해주곤 했다.

"언니, 나 또 무서운 꿈을 꿨어."

"무슨 꿈이었는데?"

"이유는 모르겠는데 아빠가 막대기를 들고 나를 죽일 듯이 쫓아오는 거야. 진짜 죽일 듯이. 너무 무서워서 죽어라 달리고 있었는데 어디 걸려서 넘어진 거야. 뒤에서 아빠는 쫓아오고."

"끔찍해."

"진짜 무섭게 쫓아왔다니까."

"너는 왜 자꾸 그런 꿈을 꾸지?"

"몰라. 무서워 죽는 줄 알았어."

막대기를 들고 여름이를 쫓아오는 아빠를 상상하고 그런 꿈을 꿨다고 이야기하는 여름이를 보면 괜히 불길한 징조 같아 무슨 일이 생길까 불안하기도 했다. 새벽녘에 깼는데 동생이 무서운 꿈을 꾸어 울고 있기에 나도 어쩔 줄 모르고 나답지 않게 동생을 토닥이다가 끌어안고 잔 기억도 있다.

우리 집뿐만이 아니라 다른 많은 가정에서 폭력이 빈번하게 발생하고 대물림되었을 것이다. 누군가에게는 지겨운 레퍼토리, 신파로 들릴 수 있다는 사실을 알지만 이 레퍼토리는 스무 해 넘게 나와 동생들을 괴롭혔다. 맞는 일은 아무리 겪어도 익숙해지지 않았다. 인간은 적응의 동물이라고 한 번 맞을 때보다 두 번, 세 번, 열 번째 맞을 때 덜 아프도록 유전자에 새겨졌으면 더 좋았을 걸 하는 생각도 들었다. 매는 언제 맞아도 아팠고, 언제 맞아도 무서웠다. 통각을 느낄 수 있는 수용기들을 다 뽑아버리고 싶었다. 통각수용기는 아프면 도망갈 수 있게 인간이 스스로를 보호할 수 있게 하려는 목적을 지녔다는데 아파도 도망갈 수 없으니 이게 다 무슨 소용일까 싶었다. 맞지 않고 있어도 언제든 맞을지도 모른다는 불안 속을 살기는 했다. 매일매일 전쟁을 대비하는 사람처럼 불안했다. 삶의 중심에서 나는 자꾸 밀려나고 아빠가 그 자리를 차지했다. 우리는 폭력 앞에서 스스로 삶을 이끌어갈 주체성을 상실한 채 무기력해져만 갔다.

해와 바람이 전하는 말, 그리고 가스라이팅

"지금 생각하면 그 어린애를 그렇게나 때리고 싶었을까 싶어. 해와 바람의 나그네 외투 벗기기 우화 알아?"

"응. 해랑 바람이 누가 나그네의 외투를 벗기는가를 두고 내기를 하는데 바람이 아무리 강하게 불어도 외투를 벗지 않은 나그네가 해가 따뜻하게 쬐자 외투를 벗어서 해가 이겼다는 이야기."

"응. 그거. 그 우화에서는 바람이 외투를 못 벗기고 끝나잖아. 그 바람은 그래도 포기가 빠른 바람이었던 것 같아. 우리 아빠는 포기를 몰랐어. 외투를 벗을 때까지 바람을 멈추는 법이 없었어."

"……."

"'때리면 되더라.'를 느낀 것 같아. 아빠가 무서워서 열심히 공부했고 절제도 잘하게 됐어. 그래서 체벌이 효과가 있다는 사실이 무서웠어."

"나쁘다."

나는 아빠더러 나쁘다는 친구 말에 눈물이 났다.

"가정사는 가정 안에서 해결해야 된다는 사람도 있었고 지금처럼 여성 인권이 이슈가 되던 때도 아니었잖아. 아동 인권도 그렇고. 다들 참으면서 숨기면서 그렇게 사는가 보다 했어. 정상인 척이라도 하지 않으면 못 견디겠으니까 정상인 척하면서 버텼어."

"정말 그렇게 생각했어?"

"그냥 어렸잖아. 좋았던 기억도 있었으니까 그런 얼굴 보는 날을 희망 삼아서 살았지. 아빠가 잘했다고 칭찬해주면 그렇게 좋다가도 때리면 그냥 도망가고 싶고. 내가 잘하면 아빠도 화를 내지 않을 거다. 내가 잘못해서, 못나서 아빠가 화내는 거라고 생각했어."

"……."

"우리가 비정상이라는 걸 인정하는 게 부끄러웠어. 그런데 정상이 아니라는 걸 차라리 빨리 인정하는 게 나았을 것 같아. 상처를 더 곪게 만들었어."

친구에게 털어놓은 것처럼 나는 아빠가 우리에게 잘못했다는 사실을 인식하는 데 가장 오랜 시간이 걸렸다. '가스라이팅'이라는 심리학 용어가 있다. 〈가스등〉이라는 연극에서 남편이 집 안의 가스등을 일부러 어둡게 만들고는 부인이 집 안이 어두워졌다고 말하면 그렇지 않다는 식으로 아내를 탓하면서 아내의 판단 능력과 현실 인지능력을 떨어뜨리는 데서 유래했다. 그러니까 타인의 심리나 상황을 교묘하게 조작해 그 사람이 스스로 의심하게 만듦으로써 타인에 대한 지배력을 강화하는 행위를 가리키는 것이다. 우리는 아빠 스스로 가해를 정당화하는 논리에 세뇌되어 아빠 잘못을 지적하는 것마저 두려워했다.

어느 날 이런 일기를 쓴 적도 있었다.

아빠, 전 아빠한테 사랑받고 싶었어요. 한때는 아빠가 세상에 사라지고 나면 어떻게 할 거냐는 말에 눈물을 글썽거리던 때도 있었어요. 이런 말을 들으면 아빠는 마음에도 없는 소리 한다고 비웃었겠지만 정말 그랬어요. 한때는 정말 그랬어요. 나를 위해서라는 걸 얼마나 믿고 싶었는지 몰라요.

김희경이 쓴 『이상한 정상가족』에서도 가해자에 대한 애착을 잘 버리지 못하는 피해자에 대한 설명이 있다.

가해자는 은폐해온 폭행이 드러난 뒤에도, 아이가 거짓말을 하는 등 맞을 짓을 해서 때렸다고 아이 탓을 했다. 반면 아이는 죽도록 맞으면서도 계속 가해자의 마음에 들려고 노력했고 '요리도 잘하는 예쁜 엄마'라고 시를 쓰고 그림을 그렸다.

폭행하다가도 잘 대해주기를 반복하는 가해자 밑에서 살아남기 위해 가해자 논리를 내면화하는 모습이다.

상식에서 벗어난 사람들을 위해 법과 제도가 있는 건데 우리는 우리가 바로 상식에서 벗어나 있는 가정이라는 사실을 제대로 자각하지도 못했다. 비상식은 눈에 보이지 않을뿐더러 인식하기도 어렵다. 멍은 주로 옷으로 가릴 수 있는 곳에 생겼고, 어쩌다 가릴 수 없는 곳에 멍이 들기라도 하면 우리는 어디 세게 부딪쳤다고 말했다. 누가 그렇게 하라고 하지도 않았지만 집에서 폭력이 벌어진다는 사실을 숨겼다.

고레에다 히로카즈 감독의 영화 〈어느 가족〉을 보면, 주인공 오사무가 추운 겨울에 집 바깥에서 혼자 주저앉아 있는 아이

린을 발견하고 집으로 데려온다. 다시 데려다주라는 노부요의 말에 린의 원래 집으로 향하지만 그 집에서 들려오는 고성, 폭력을 행하는 소리, "나도 낳고 싶어서 낳은 게 아냐." 같은 말을 들은 노부요는 다시 자신의 집으로 아이 린을 데려온다. 옷을 갈아입혀주기 위해 벗긴 린의 몸에는 멍 자국, 화상 자국이 보여 이건 무슨 상처냐고 묻는 어른들의 물음에 린은 "넘어졌어요."라고 대답한다.

새 옷을 사준다는데도 입기 싫다는 린에게 "옷 사기 싫어? 왜?" 하고 물으니 린은 대답 대신 "안 때릴 거야? 나중에 안 때릴 거야?" 하고 묻는 장면도 나온다. 그런 린에게 노부요는 "응. 때리지 않을 거야." 하고 말해주니 그제야 린이 안심하고 옷을 입겠다고 한다. 아이의 말 한 마디와 행동이 어머니폭력의 기억이 얼마나 깊은 내상으로 곪아 있는지를 보여준다. 그날 밤에 노부요는 린을 껴안고 처음 온 날 입었던 옷을 불 속에 집어넣으며 이렇게 말한다. "맞고 지냈던 건 린이 나빠서가 아니었어. '사랑하니까 때린다.'라는 건 거짓말이야. 진짜 좋아하면, 사랑하면 이렇게 하는 거야. 이렇게 꼬옥." 하고 린을 꽉 껴안아주며 눈물을 흘린다. 사실은 노부요도 학대 받은 경험이 있었기 때문이다. 린은 그런 노부요의 눈물을 닦아준다.

폭력의 기원, 학벌제일주의와 사회적 계급을 바라보는 방식

아빠가 언제부터 폭력을 행사했는지는 엄마 역시 정확하게 기억하지 못한다. 내 기억으로는 예닐곱 살 되던 무렵부터는 확실히 폭력이 있었다. 그 무렵이 부모님이 생계에 대한 스트레스와 경제적 부담이 가장 컸던 때다. 당시 찍은 사진 속 우리들 얼굴에 웃음이 사라지기 시작한 때도 경제적으로 어려워진 이 시기와 겹친다. 아이는 셋인데다 빠르게 성장하는데 당시 부모님은 운영하던 가게로 먹고살 수 없다고 판단해 가게를 접고 고정적인 월급이 나오는 직업을 택했다.

　동시에 아빠는 나와 동생 교육에 집착하기 시작했다. 한글부터 덧셈, 뺄셈, 구구단 외기, 영어단어 시험을 쳐서 제대로 대답하지 못하면 때렸기 때문에 우리는 어려서부터 영문도 모른 채 구구단을 외우고, 영어단어를 외우고, 영어 문법을 외웠다. 책을 읽고 독후감을 쓰고, 덧셈, 뺄셈을 하고, 문제집을 풀고, 공부한 것을 확인받았다. 틀린 대답을 하거나 말을 제대로 하지 못하면 화를 냈다. 우리에게서 실패의 징후가 조금이라도 보이는 것을 견디지 못했다.

나와 여름이가 초등학교 고학년이 되던 무렵부터는 '학벌이 선망하는 계급에 올라설 수 있는 사다리가 되어줄 거라며 꼭 그 사다리에 올라타야 한다'고 반복해서 말했다. 많은 부모들이 자신이 이루지 못한 꿈을 자식에게 투영하듯 아빠는 자기 열등감을 우리에게 투영했다. 아빠가 왜 공부를 잘해야 하는지 이유를 설명하기 시작하면 끝이 없었다. 새벽까지 설교로 이어질 때도 많았다. '나도 맞으면서 자랐다.'로 시작되는 어린 시절 기억도 우리에게 반복해서 이야기했다. 자신은 자다가 일어나서 연탄집게로 맞았는데 연탄집게는 정말 아팠다거나 겨울에 내쫓겨서 추위에 떨었다는 이야기 등 아빠 어린 시절도 듣고 싶지 않을 법한 일들로 가득 차 있었다. 지긋지긋한 집을 벗어나면 돈도 많이 벌고 행복한 가정을 꾸리려고 했는데 세상이 호락호락하지 않았다며, 너희는 나처럼 되지 않으려면 똑똑해져야 한다고 했다. '너희들, 나 미워하는 거 나도 다 아는데 내 나이가 돼보면 내가 왜 이렇게까지 때리면서 공부시키는지 알게 된다.' 같은 말로 우리가 저항하지도 못하게 했다. '아빠는 우리를 위해 희생하고 돈을 번다.'와 '그러니 우리는 그 희생이 헛되지 않도록 최선을 다해야 한다.'는 식의 사고방식이 물물교환처럼 이루어졌다.

중고등학생 시절에도 공부와 학교 성적 때문에 아빠한테 맞은 기억으로 가득하다. 어린 나와 동생들은 아빠 요구대로 삶을 살면 나중에 언젠가는 사람답게 살 권리를 가질 수 있을 거라 생각했다. 나는 성인이 되어 좋은 대학에 가면 아빠의 세상에서 벗어날 수 있을 거라는 희망으로 버텼다. 동생에게 내가 돈을 벌어서 월세를 낼 수 있게 되면 같이 나가서 살자고 이야기한 것도 그런 믿음 때문이었다.

아빠가 폭력을 행사하는 이유는 비슷했다. 8등을 해서, 5등을 해서, 4등을 해서, 3등을 해서 맞았다. 100점이 아니어서 맞았다. 1등 했을 때 좋은 점은 오직 하나였다. 맞지 않았기 때문이다. 어느 날 1등 성적표를 내밀었더니 아빠는 이런 반응을 보였다.

"너는 왜 이렇게 등수가 고르지 못하고 오락가락하냐? 1등을 해도 뭐 안심할 수가 있어야지. 다음에 또 떨어질 건데."

그런 말을 들으면 하루도 편안할 수가 없었다. 언제나 다음을 걱정했다. 다음 시험, 내년 시험, 고등학교 입시, 대학교 입시까지. 시험 당일 아침이면 온몸이 긴장됐고 구토감도 밀려왔다. 시험을 열심히 준비했다는 과정은 중요하지 않았다. 좋은 결과만이 내 노력을 증명했기 때문이다. 몇 년이나 같은 이유로 심하게 불안감을 겪어서인지 지금도 평가받는 일이 생기면 불안하고 토할 것 같은 증상이 찾아온다. 예민할 때는 누가 과자봉지 뜯는 소리만 내도 속이 울렁거렸다.

공부는 왜 해야 하고 또 왜 잘해야 할까? 스스로 이런 질문을 던질 수 있는 학생은 자기 인생에서 중요한 가치가 무엇인지 궁리하고 찾을 수 있는 기회가 주어진 운 좋은 학생이라고 생각한다. 사실 나는 그런 질문을 나 자신에게 던지고 답을 묻고 따지며 나 자신에게 이유를 납득시켜야 행동할 수 있는 유형의 사람이었는데, 그때는 그런 질문을 할 시간이 어딨냐며 무시하고 지나갔다. 그 때문에 고등학교를 졸업한 이후에도 크게 방황하면서 힘든 시간을 보냈다.

학생 때는 살기 위해 공부했다. 중학교에 들어가 성적표가 나오고 등수가 매겨지니 아빠의 성적에 대한 집착이 절정에 달해서 눈 뜨고 있는 거의 모든 시간을 통제했다. 과목마다 도달 가능한 공부량을 측정해서 계획표를 짜고 실천하고 확인받았다. 쉬는 시간, 점심시간에도 공부해야 했기 때문에 친구들과는 자연스럽게 멀어졌다. 아빠는 큰 화이트보드를 사서 문제를 푸는지, 암기를 제대로 했는지 등을 확인했다. 내가 수업시간에 선생님들에게 얼마나 질문을 하는지 전화해서 확인해보겠다는 엄포를 놓기도 했다. 눈속임을 할 수 없었다.

언젠가는 시험을 앞두고 교과서를 가져와서 외운 만큼 말해보라고 하는데 내가 제대로 대답하지 못했다. 아빠가 교과서를 던졌는지 아니면 손으로 때렸는지 눈가를 맞아 시야가 흐릿해진 적이 있다. 그 상태가 한동안 지속되길래 혼나는 와중에도 혹시 눈이 잘못된 거라면 늦기 전에 말해야 하는 건 아닌가 고민했다. 다행히 시간이 지나 흐릿한 시야가 정상으로 돌아와서 안도했던 기억이 난다. 방에 와서 보니 눈 실핏줄이 터져 빨갛게 보였다. 여기서 내 몸 하나가 잘못돼도 누구도 책임져주지 않을 거라 생각하니 맞을 때도 잘못 맞아서는 안 되겠다는 생각을 했다. 시간이 지나고 상처도 사라졌다. 그때 본 시험에서 나는 1등을 했고 아빠는 좋아했다.

중학교 2학년때 담임선생님은 가정통신문에 이렇게 썼다.

"가을이와 1년을 지냈습니다. 지난 1년간 가을이는 중학교 2학년이라고 할 만한 모습은 아니었습니다. 항상 쫓기는 모습으로 비쳐졌고 표정도 다른 아이들에 비해 조금은 어두웠습니다. 아시겠지만 이 모두가 성적 때문이겠지요. 조금만 마음의 안정이 있다면 시험에서도 실수가 많이 줄 것으로 생각됩니다. 가정에서 많은 격려 바랍니다."

사실 나는 성적 자체라기보다 성적 때문에 겪을 일 때문에 불안하고 힘들었다. 그래서 표정도 항상 어두웠던 것 같다. 아빠는 내가 다니는 중학교 수준이 낮다며 내게 더 큰 부담을 줬다. 성적이 좋으면 잘하는 게 아니라 마땅히 그래야 될 일이라고 생각했다. 그래서 나는 1등을 놓쳤을 때 1등을 차지한 친구가 밉기도 했다.

'너는 1등을 하지 않으면 자존심에 스크래치가 나는 정도겠지만 나는 진짜 집에서 아작 난단 말이야.' 하는 생각이 들어서다.

대학에 와서 친구에게 내가 겪은 일들을 털어놓으며 이런 대화를 나눴다.

"그렇게 나를 온통 타인에게 맞추며 사는 동안 잃은 게 너무 많아. 그런데 그때는 내가 무엇을 잃고 있는지도 몰랐어. 알았다고 해도 아마 멈추지는 못했을 것 같아."

"뭘 그렇게 잃었는데?"

"참 많은데 뭘 말할 수 있을까…. 인간성?"

당시에는 내가 인간성을 잃고 있는지 몰랐다. 과정 따위 어찌 되었든 결과만 가져다주면 그만이구나 생각했다. 나는 아빠가 나를 이렇게 대하게 만든 학벌주의가 미웠지만 그런 분위기를 속수무책으로 수용할 수밖에 없었다. 똑같이 학벌주의를 비판해도 지식인이 비판할 때는 사람들이 귀를 기울이고, 그렇지 않은 사람들이 비판하면 자격지심 때문이라고 무시할 거라고 생각했다. 그러면서 나 자신은 더욱 뒤틀려졌다. 성적이 좋지 않으면 맞는 아이에게 '괜찮아. 너는 성적으로는 평가할 수 없는 소중한 사람이야.' 하고 말해주어도 듣는 사람이 믿지 않으면 소용없다. '너는 살아 있는 자체만으로 완벽하고 소중한 사람이야. 기적이야.' 하고 말해도 그 말을 믿을 수 있는 현실적인 배경이 조금이라도 갖춰져 있지 않으면 좋은 말도 공허한 울림이 된다.

가부장제와 학벌주의, 물질만능주의, 폭력적인 가정에서 자란 기억 등 아빠라는 한 사람 안에 자리 잡고 있던 뒤틀린 관념들이 나와 동생들에게도 스며들었다. 전이된 관념들은 부조리함에 수동적으로 따르게 만들었다. 여성 차별에 순응하게 만들고, 대학 이름, 학과에 따라 사람을 평가하는 일에도 별 생각없이 따르게 만들었다. 현실에서 자연스럽게 생존 논리를 따라가고, 그 논리에 따르지 않는 것을 부끄럽게 생각하고, 그 논리에 따르지 않는 사람들을 차별하게 만들었다.

그리고 이것은 단순히 개인의 문제, 한 가정의 문제만은 아니다. 생존의 논리가 만들어낸 차별과 배제, 혐오의 단어가 공기처럼 퍼져서 우연히 아빠라는 한 사람에게 도화선에 불이 붙듯 서서히 타오르다가 폭탄이 터지듯 집 안에서 폭력성이 터져 나오게 됐다고 생각한다. 쌓인 화를 한 번 터뜨리던 날이 두 번이 되고 세 번이 된 거겠지.

성인이 되어 읽은 일레인 N. 아론의 『타인보다 더 민감한 사람』이라는 책에는 다음과 같은 대목이 나온다.

한국처럼 보다 공동사회적인 문화의 국민들은 부분이 아닌 전체를 보아야 하는 과제를 수행하는 능력이 더 우수한 것으로 잘 알려져 있다. 하지만 미국과 같은 개인주의적 문화의 국민들은 그와 반대로 나타난다. 전체가 아닌 부분을 보아야 하는 일들은 북미인들에게는 쉽지만 아시아인들에게는 어렵다.

우리 사회의 고도성장을 목격한 세대에게는 힘을 합치는 일이 익숙한 방식이었다. 개개인마다 다른 목소리의 다양성을 받아들이기보다 내가 속해 있는 사회 공동체의 성장을 위해 흩어져 있는 목소리들을 한목소리로 합치는 쪽으로, '학벌주의'나 '가부장제'를 문제 삼기보다 이를 수용하고 그에 따른 차별도 인내해가며 전체가 함께 나아간 사회가 내가 사는 사회라고 생각한다. 과거에는 학교와 군대 내에서도 폭력이 참 많이 일어났는데 다들 문제 삼지 않았다. 아빠 역시 그런 사회에게 받은 상처를 어디서 분출하지 못하고 나를 받아줄 약한 상대, 그러니까 나와 엄마, 동생들에게 풀었을 것이다.

그래서 나는 내가 겪은 일의 원인을 아빠에게 전부 돌릴 수도 없고 아빠를 학대한 할아버지에게 돌릴 수도 없고 모두 사회 탓이라고 할 수도 없다. 문제는 많은데 책임지는 사람은 없다. 그래서 내가 택한 방식은 나와 타인, 그리고 나를 둘러싼 세상 사이 관계를 잘 읽는 사람이 돼서 미워하고 비판해도 정확한 기준을 가지고 하자. 우선 나한테 가장 가혹한 기준을 들이밀고 내가 지킬 수 있는 말부터 찾아가자. 아무나, 막 미워하고 화내지 말고 비판해야 할 만큼만 비판하자고 생각했다. 현명해지고 싶었다. 지혜와 통찰이 내겐 간절했다.

열세 살이 올랐던 슬픈 육교

남동생 진형이가 초등학교 6학년, 여름이는 중학교 3학년, 나는 고등학교 진학을 앞둔 1월이었다. 여느 때와 같이 학교에 갔다가 공부할 책을 챙겨 도서관으로 향하는 길에 아빠에게서 전화가 왔다. 진형이가 육교에서 떨어져 실려 갔다고 했다.

"그게 무슨 말이에요?"

"진형이한테 내가 아까 잔소리를 조금 했는데 혼나서 밖에 나가 돌아다니다가 넘어진 것 같다. 까불거리면서 걷다가 미끄러졌겠지. 너는 일단 도서관에서 공부하고 있어라."

아빠와 전화를 끊고 엄마에게 전화를 걸어 무슨 일이 있었는지 물었다. 엄마는 지나가던 사람이 쓰러진 진형이를 발견하고 자신에게 연락을 주어 자신도 방금 알았다며 지금 병원에 가려던 참이라고 했다.

"심각한 거야?" 내가 물었다.

"엄마도 가 봐야 알 것 같아."

그때까지만 해도 작은 부상이 난 정도로 대수롭지 않게 생각했다. 몇 시간이 지나고 병원에 도착한 엄마가 상황을 전해주었다. 진형이는 다리뼈가 부러져서 수술받고 있으며 다행히 그 외에 크게 다친 곳은 없다고 했다. 진형이가 떨어진 육교 현장에 가본 경찰 말에 따르면 그 육교는 난간이 높아서 미끄러져 떨어질 만한 곳이 아니라고 했다. 미끄러져 떨어질 만한 곳이 아니라면 직접 올라갔다는 말인가, 의문이 들었지만 말도 안 되는 상상이라고 생각해 '에이, 설마' 하고 부정했다. 같이 도서관에서 공부하던 여동생 여름이와도 더 말을 잇지 않았다.

그쯤 자주 연락하던 친구와 통화하다가 내가 갑자기 동생 이야기를 꺼냈다.

"있잖아. 남동생이 오늘 육교에서 떨어졌는데 혹시 자살 시도한 걸까?"

그렇게 물으면서도 나 자신에게 '대체 내가 지금 무슨 이상한 소릴 하는 거지?'라고 생각했다. 나도 모르는데, 친구가 당연히 알 리가 없는데. 그 이후로 밖에서 그 단어를 꺼낸 적이 없다.

집으로 돌아가니 아빠가 나와 여름이를 꿇어앉히고 혼을 냈다. 아빠는 너희가 동생을 제대로 관리하지 못해서 이런 일이 생긴 거라고 했다. '이런 상황에서도 끝까지 남 탓을 하네. 진절머리 난다.'라는 생각은 속에 감춰두고 동생을 제대로 관리하지 못해 죄송하다며 앞으로 주의하겠다고 했다. 다음 날 아침 아빠는 출근하고 엄마가 회사 가기 전 비는 시간에 나와 여름이, 엄마이렇게 셋이서 아빠 앞에서 할 수 없었던 이야기를 했다. "어떻게 미끄러져 떨어질 만한 곳이 아닌데 떨어졌냐"고, "혹시 크게다쳤으면 정말 진형이를 영영 잃을 뻔한 거였냐"고, "말이 안 된다"며 "무섭다"고 말하며 울었다.

엄마가 가져온 진형이 소지품에서 도서관 사물함 열쇠를 찾아 다음 날 도서관에 가서 열어보았다. 그 안에 유언장이 있었다. 설마가 아니었다. 나는 패딩 안주머니에 그 종이를 넣어두고 엄마와 여름이에게만 말해주었다. 진형이가 퇴원하고 나서도 한동안 그 종이를 보았다는 말은 하지 않았다. 아빠에게는 그런 종이를 발견했다는 사실 자체를 숨겼다. 나와 엄마, 여름이도 입밖으로 그 이야기를 잘 꺼내지 않았다. 자연스럽게 그렇게 되었다. 진형이가 빙판길에서 까불거리며 걷다가 미끄러졌다고 생각한 아빠는 수술하고 누워 있는 동생에게 "다쳐서 때릴 수도 없고." 하며 화를 냈다. 자신에게 책임이 있을 거라고 한 치 의심도 하지 않는 사람 앞에서 사실을 이야기할 수 없었다.

영화에서 이런 일이 일어나면 어떻게 그럴 수 있냐며 울면서 미안하다고 진형이에게 사과하고 다시는 너를 함부로 대하지 않겠다고 잘못을 비는 장면으로 이어졌을지도 모른다. 클리셰처럼 말이다. 하지만 막상 그런 일을 실제로 겪었을 때는 전혀 현실감이 없어서 무엇을 해야 할지, 무슨 말을 해야 할지, 어떤 표정을 지어야 할지 알 수 없었다. '나도 죽고 싶다는 생각을 수십 번 했는데, 수십 번 해도 행동까지 간 적은 없는데…. 그럼 넌 몇 번을 죽은 거지.' 하는 생각을 오랫동안 했다.

그 이후 동생 상처는 뼈가 부러지는 정도의 외상으로 그쳤다. 다행이었다. 퇴원한 뒤 진형이는 한동안 깁스를 하고 다녔다. 초등학교 때부터 달리기를 잘 해서 반대표로 계주를 뛰고 시 대회에 나가서 상을 타기도 했던 진형이는 그날 이후로 뛰는 일이 없었다.

동생이 퇴원하고 처음으로 다 같이 바깥으로 나갔다가 집에 돌아온 날 동생이 또 맞은 기억이 난다. 아마 그날 처음으로 내가 아빠한테 "때리지 마세요."라는 말을 하며 막아선 것 같다. 처음이자 마지막이기도 했다. 아빠는 "네가 맞고 싶지 않으면 가만히 있어."라고 했고 나는 1분도 안 되는 시간을 버티고 있다가 내 자리로 돌아갔다. 당시 동생 사건 이후로 어린 마음에 '앞으로 동생을 무조건 지켜주겠다.'고 강하게 다짐했음에도 불구하고, 나는 아빠가 하는 말이 진짜가 되는 게 너무 무서워서 그대로 자리로 돌아갔던 기억이 난다.

'몸으로 느껴지는 공포와 두려움 앞에서 도덕이나 정의, 옳음은 쉽게 약해지는구나. 지킬 수 있다고 생각했다니 참 오만했구나.' 생각했다. 당시 사춘기를 지나오며 자아성찰을 많이 하는 성격으로 변한 나는 그런 나의 나약함을 들여다보고 방관자로서의 무력감을 크게 느꼈다. 그리고 자아성찰 같은 건 해본 적 없는 듯 보이는 아빠를 통해 인간이 인간성을 잃으면 어디까지 가는지도 눈으로 확인했다.

모든 사람들이 길을 걸으며 마주치는 무수한 갈림길에서 어디로 갈지를 선택한다. 처음에는 의기양양하게 길에 들어선다. 미친 듯이 뛰기도 하고, 여기가 어디라는 자각 없이 걷기도 한다. '길을 잘못 들어선 걸까?' 하는 의심이 문득문득 들 때도 있지만 너무 멀리 온 사람은 그만큼 돌아가기도 힘들다. 10미터를 걷고 다시 10미터를 돌아가는 것과 10킬로미터를 걷고 다시 10킬로미터를 돌아가는 데 들어가는 품의 차이는 분명하다. 이미 걸어온 길과 그 길에 흩뿌린 땀과 눈물이 아까워서 돌아가지를 못한다. 그래서 할 수 있으면 어렸을 때 바른 길로 들어서는 게 중요한 것 같다. 세 살 버릇 여든까지 가고, 여섯 살 버릇은 백육십까지, 서른 살 버릇은 팔백까지 갈지도 모르니까. 이 길을 다시 돌아가서 다시 걷기 시작하느니 차라리 안 한다고 하다가 더 멀리까지 가면 그만큼 힘들어진다. 돌아서야 할 때 빨리 돌아서는 게 좋다고 생각한다.

시간이 흐른 뒤 그날에 대해 친구와 대화를 나눈 적이 있다. 내가 어떻게 했어야 할 것 같냐고 묻자 친구는 그건 아무도 말해 줄 수 없다고, 쉽게 상상할 수도 없고 어떤 말도 쉽게 올릴 수 없다고 해주었다. 친구에게 고맙다는 말과 함께 당시 내가 느낀 무력감과 죄책감에 대해 더 이야기했다.

"며칠 지나니까 오늘 내가 해야 될 일들만 눈에 보이더라. 남동생 생각했지. 평소보다 많이 했지. 그런데 여전히 내가 많더라.

나밖에 모르더라. 나도 살아야 되니까. 나한테는 내 고통밖에 보이지 않으니까. 내 길을 걷지 않으면 나도 어떻게 얻어맞을지 모르니까. 동생을 잃을 뻔한 날의 눈물은 1년 지나고, 2년 지나고, 그렇게 자고 일어나기를 반복하다 보면 잊혀지더라. 또다시 도서관에 가서 공부하고 성적에 목매고 일상에 치이면서 잊지 말아야 할 감정들이 바스라졌어."

"네 의지로 조절할 수 있는 건 아니었잖아…."

"누가 해준 이야기인데 자기 내부에 질문이 있으면 지금은 그 질문에 답을 피하더라도 언젠가 부메랑처럼 다시 돌아와서 그 질문에 답해야 할 날이 온다고 하더라. 6년 정도가 지나니까 그 일을 통해 나온 질문들에 잡아먹힐 것 같았어. 대학가야 한다고 묻어두다가 다 터져나왔어."

"어떻게?"

"그냥 그 6년 사이에도 견디기 힘든 일들이 너무 많았어…. 사람이라는 게 참…. 뭐든 겪기 전에 알면 좋을 텐데. 그게 어렵네."

"후회하기 전에 후회할 일을 아는 사람은 없어. 실수하기 전에 미리 아는 사람도 없어."

친구는 애써 좋은 말을 건넸지만 나는 동생이 그런 행동을 하기까지 내가 얼마나 동생에게 잘못했는지 알기 때문에 더 자책하며 스스로를 괴롭게 벌주고 싶었다. 나와 동생들이 겪은 일을 잊으면 안 된다고 생각했다. 진흙탕을 만드는 데 일조했으니 거기서 벗어나려고 해선 안 된다는 강박적인 죄책감으로 자진해서 진흙탕에 몸을 처박고 싶어 했다고 표현해도 좋을까. 동생이 이 세상에서 사라질 뻔했는데, 영영 돌이킬 수 없는 일이 일어날 뻔했는데, 아무것도 달라지지 않는다는 게 이상했다. 숨겨야 할 일처럼 아무에게도 말하지 않았으니 실제로 일어나지 않았던 일처럼 아무도 모르는 것도 이상했다. 손에서 놓쳐버린 풍선이 멀리 날아가는 것을 지켜보며 슬퍼하지도, 화를 내지도 않은 채 곧바로 땅을 보고 걷는 껍데기만 남은 아이가 된 기분이었다. 죄책감과 화가 날 때면 일기에 그 생각을 풀어 썼다.

'그때는 슬퍼할 시간이 없었어. 학교에서 수업 듣다가 저 지금 동생 생각에 슬퍼서 수업에 집중할 수가 없는데 잠시 엎드려 누워도 될까요? 물어보면 헛소리 한다고 생각할 거 아니야. 이따 쉬는 시간에 화장실 칸에 들어가서 잠깐 울어야겠다. 생각하다가 막상 쉬는 시간이 되잖아? 그러면 눈물이 나오지 않아. 눈물이 사라져. 슬프지 않아? 대체 난 뭘 배우러 학교에 갔던

거야? 그런 일에 슬퍼하는 인간이 되지 못한다면 배운다는 게 다 무슨 의미야?'

'이상하다. 사람은 이상하고 사람이 모여 있는 세상도 이상하다. 이상한 것에 익숙해지면 뭐가 이상한지, 이상하지 않은지를 가르는 감각도 무뎌진다.'

그날 이후로 나에게 왜 이런 일이 벌어졌는지에 대한 질문을 참 많이 던졌다. 나 때문일까? 아빠 때문일까? 엄마 때문일까? 아빠의 아빠 때문에? 아빠의 엄마 때문에? 돈 때문에? 시스템 때문에? 사회 구조 때문에? 계급 때문에? 학벌주의 때문에? 자본주의 때문에? 가부장제 때문에? 권위주의 때문에? 사회보장제도가 제대로 갖춰지지 않았기 때문에? 성악설이 사실이라서? 대체 무엇 때문에? 대체 무엇 때문에 나는, 우리는 불행한 거지? 그리고 모든 것이 단지 살아 있기 때문이 아닐까 생각했다. 살아 있는 게 문제라고 생각했다. 죽음에 대해서 종종 생각했다. 대학에 들어가니까 나한테도 죽지 못해 사는 날들이 이어졌기 때문이다. 그때 동생 생각이 제일 많이 났다. 그날 생각이 계속 났다. 내가 동생한테 대체 무슨 짓을 했던 걸까? 죄책감이 계속 들었다. 죽고 싶어질 때가 되니까 그날 생각을 하는 나 자신이 우습기도 했다.

그 일이 있고 폭력이 크게 줄어든 계기가 된 일이 일어났다. 남동생은 중학교에 진학하고 나는 대학교 입시를 앞두어 공부에 매진하던 날 중 하루였다. 아빠가 진형이 머리를 심하게 때려 동생 머리가 역삼각형 모양으로 심하게 부어오르게 됐다. 자신이 그렇게 만들었지만 그런 머리로 학교에 가는 건 아니라고 생각한 아빠는 진형이에게 학교에 가지 말라고 했다. 그런데 무단결석은 절대 안 된다는 원칙을 가지고 있던 진형이 담임선생님이 학교에 와서 자신의 얼굴이라도 보고 가라고 해 진형이는 다른 학생들이 다 하교한 뒤 학교에 가서 선생님을 만났다. 선생님은 진형이 얼굴을 보고는 무슨 일이 있었는지 물었다. 학교 선생님에게는 아동 학대 사실을 발견하면 신고할 의무가 있다고 한다. 아빠는 신고를 당했고 경찰서에 가서 주의를 받았다. 벌금을 낼 수도 있다는 말과 자신의 행동이 경찰에게 주의를 받을 만한 행동이라는 사실을 처음 지적 받은 아빠가 겁을 먹었는지 그 이후로 폭력이 점점 줄어들었다.

동생의 부어오른 머리가 회복되어가고 있을 무렵 아빠가 다시 남동생에게 손을 들었다. 심하게 때리지 않았는데 머리에서 피가 터져 나왔다. 그걸 본 아빠와 엄마가 병원에 갈 채비를 하다가 도중에 피가 멈추자 다시 집으로 돌아온 적도 있었다. 나중에 대학에 들어가 상담 선생님을 만나 그날의 일을 말했더니 아마 처음 머리를 맞았을 때 있었던 출혈이 고인 채로 굳어졌던 것 같다고 말씀해주셨다. 그런 일이 연속으로 발생하자 폭력을 휘두르는 횟수도 점점 줄어갔다. 한 달에 한 번, 세 달에 한 번, 반년에 한두 번, 일 년에 한두 번 꼴로 줄어든 것으로 기억한다.

우리를 〈해리포터〉에 나오는 집요정 1, 2, 3 정도로 보는 건 여전했지만 맞는 일이 줄어드니 전보다 훨 나았다. 스톡홀름 증후군이라는 심리학 용어가 있다. 인질이 인질범에게 동화 혹은 동조하는 비합리적인 현상을 뜻하는 말이다. 스웨덴 스톡홀름에서 벌어진 은행 강도 사건에서 인질로 잡힌 사람들이 강도들이 자신을 해치지 않았다는 사실에 고마움을 느끼며 그들을 옹호하고 불리한 증언을 거부한 데서 유래했다. 나는 아빠가 폭력을 쓰지 않는다는 사실에 안도하며 아빠를 이해해보려고 노력할 때도 있었다. 이런 마음이 스톡홀름 증후군 또는 상처 입은 사람을 끌어안고 싶다는 구원자 콤플렉스의 일종이었다고 생각한다.

그 무렵 일기장에 나는 이렇게 적었다.

아빠 말대로 학점을 챙기고 영어를 공부하고 기업에 들어가고 나면, 난, 또 어떻게 돼? 내 인생을 좀 살고 싶어요. 아빠는 날 사랑한다고 하지만, 아빠가 이게 사랑이라면 뭐 그런 거겠지만 나한테는 하나도 사랑처럼 느껴지지 않아, 하나도…. 아빠가 날 도구로만 대하지 않았어도 나도 당신한테 의지라는 걸 해볼 수 있지 않았을까. 돈? 돈 받아 먹고 살고 있는 주제에 무슨 도구 타령이냐고? 아빠, 근데요. 나한테 돈 말고 사랑도 좀 주면 안 됐어요? 나는 사랑이 너무 받고 싶었는데. 음식 말고, 전자기기 같은 거 말고, 사랑.

아빠를 미워하면 그 마음이 내게 부메랑으로 돌아올까봐 아빠를 미워하는 것조차 무섭고 두렵다. 그래서 아픈 기억들을 그냥 회피해버린다. 이 응어리는 나를 어디까지 몰고 갈까?

아빠는 나 이해할 수 있어? 아빠, 우리는 같이 사는데 같이 사는 게 아니야. 우린 다 묻어가잖아. 쌓인 말도, 쌓인 마음도. 당신을 이해해보겠다고 좋은 말을 해도 그 말도 거짓말은 아니지만 그 뒤에 가려진 말들이 너무나도 많으니까. 우린 이 이상 이해할 수 없는 존재인가. 죽는 순간까지 같이 살아도 같이 살 수 없는 관계인가. 우린 평생 서로를 이해하지 못한 채 끝나는 건가. 아빠도 끊임없이 생존에 위협을 받고 있어서 그런 거지? 어쩔 수 없었던 거지? 그래도 그렇지. 이렇게 사는 게 다 무슨 소용이야. 당신을 넘어설 수가 없어.

인간은 참 특이한 방식으로 생존하는 것 같아. 하느님, 울컥울컥 올라오는 때가 있어요. 왜 이렇게 애써야 하는지 나는 몰라요.

키에르케고르, 밀, 프롬 그리고 나의 일기장

특목고에 합격했을 때, 이름 있는 대학에 합격했을 때 가장 먼저 연락하고 싶었던 사람이 아빠였고 가장 기뻐해준 사람도 아빠였다. 나는 아빠가 웃어주니까 좋았다. 나를 이름이 아니라 OO대 가을이라고 부르면서 웃어주고 안아주며 자기가 만나는 모든 사람에게 그렇게 말하고 다녔다. 나는 내 할 일을 다 했다고 생각하고 자유롭게 살려 했다. 세 달쯤 지나니 나를 칭찬하던 아빠는 사라지고 원래 성격이 돌아왔다. 대학만 가면 하고 싶은 일은 뭐든 하라던 아빠가 내가 정말 그렇게 사니, 내게 물건을 던지고 폭언을 퍼부었다.

그렇게 맞으면서 공부할 때도 죽고 싶다는 생각을 깊게 한 적은 없었는데 대학에 와서는 참 많이 생각했다. 그때가 돼서야 뭔가 잘못됐음을 느꼈다. 대학에 와서 묻어두었던 질문들이 터져 나왔다. 대학에 와서야 알았다. 아빠가 원하는 요구를 다 들어준다고 내 삶이 나아지는 게 아니라 최악만 면할 뿐이라는 것을. 그리고 깨달았다. 내가 그렇게 열심히 공부해서 가지고 싶었던 건 합격증이 아니라 아빠에게서 벗어난 삶, 인간다운 삶이라는 사실을. '이러려고 성실하게 노력했던 건 아니었는데, 나도 동생들도 무엇보다 바랐던 건 다만 어떤 인간다운 삶이었는데…' 허망한 생각이 들었다.

　오랫동안 무시하고 내버려뒀던 나의 빈약한 내면이 여지없이 드러났다. 결과를 위해 묻어두었던 어두운 마음들. 내가 행한 수많은 폭력. 맹목적인 욕심, 가지고 있는 작은 것으로라도 나를 내세우고 싶었던 추한 열등감, 성공의 기준이라는 잣대로 수많은 사람들을 판단하고 평가한 오만함, 1등이 아닌 것을 부끄럽게 여겨야 했던 자기혐오의 시간이 나를 여기까지 오게 했지만, 결국 다시 살펴봐야 할 응어리가 되었다는 사실을 알게 되었다. 자기연민 혹은 자기혐오를 반복해서 늘어놓는 삶이 이어졌다. 자기연민은 타인에 대한 분노로, 자기혐오는 나 자신에 대한 분노로 이어졌다. 동시에 그 응어리 때문에 여기서 멈춘다면 이때까지 쌓아왔던 시간은 다 물거품이 되어버릴 거라는 사실이 나를 짓눌렀다.

『죽음에 이르는 병』에서 철학자 키에르케고르는 절망을 죽음에 이르는 병이라고 말하고 있었다.

절망한 사람은 죽을병에 걸려 있는 사람과 비슷하다. 이 사람은 길게 누워 죽을 지경에 이르러 있기는 하나 죽을 수가 없다. 이렇게 '죽을 정도로 앓고 있다.'는 것은 죽을 수 없다는 의미이기는 하나 그렇다고 살 희망이 아직 그곳에 있다는 의미는 아니다. 아니 죽음이라는 최후의 희망조차도 이룰 수 없을 만큼 모든 희망을 잃고 있는 것이다. 죽음이 최대의 위험일 때 사람은 생生을 원한다. 그렇지만 더 두려워할 만한 위험을 알게 되면 죽음을 원한다. 죽음이 희망의 대상이 될 정도로 위험이 증대된 그때 절망은 죽을 수 있다는 희망까지도 잃는 것이다. 이 궁극의 의미에서 절망은 죽음에 이르는 병이다.

나도 모르는 내 마음을 꿰뚫어 봐주는 문장을 만나면 뭉쳐 있던 응어리가 순간 풀어지고 통증이 완화되는 약을 먹은 듯이 편안해진다. "죽음이 희망의 대상이 될 정도로 위험이 증대된 그때 절망은 죽을 수 있다는 희망까지도 잃는 것이다."라는 문장도 그랬다. 평균수명을 생각하면 몇십 년을 더 살아가야 한다는 사실이 오히려 절망적으로 느껴질 때 어느 쪽도 선택하지 못한 채 버티고만 있는 상태를 빠르게 벗어나고 싶었는데, 이 문장을 통해 그런 불안을 마주하고 받아들이면서 통과하는 느낌을 받았다.

대학교 1학년 때에는 해방감에 놀다가 시간이 흘렀다. 2학년이 되니까 텅 빈 구멍이 무엇으로도 채워지지 않았다. 그해 우울이 극에 달했다. 나도 내가 이렇게 우울할 수 있는 인간이었나 싶을 만큼 시도 때도 없이 괴로운 마음에 잠겼다. 남동생은 사춘기를 지나며 화도 눈물도 많아졌다. 자신이 조금이라도 사랑받지 못하고 있다고 느끼면 쉽게 죽음을 입에 올렸다. 여름이는 어떤 의욕도 없는 무기력한 일상을 되풀이하고 있었다. 동생들은 내가 아빠 말을 너무 잘 따랐기 때문에 자기들이 힘들어졌다고 했다. 나로 인해 자기들은 어떤 성과를 들고 와도 나와 비교 당했다고도 했다. 나의 존재가, 내가 존재하는 것만으로 동생들에게 상처가 되었다고 생각하니 내가 그동안 아빠에 의해, 아빠를 위해 노력해서 얻은 결과물을 긍정하는 것이 참을 수 없이 역겨웠다. 멍청이가 된 것 같았다.

존 스튜어트 밀은 『자유론』에서 이렇게 말했다.

온갖 언어로 씌어진 모든 문헌들 속에는 삶에 관한 전반적인 성찰들, 즉 삶이라는 것은 무엇이고, 어떻게 살아야 하는가를 논하는 내용으로 가득하다. 사람들은 모두 그런 성찰들을 읽 거나 배워서 알고 있고, 자명한 진리로 받아들여서, 자신들의 말과 글에서 그런 진리들을 인용하기도 한다. 하지만 대부분의 사람들은 그 진리들의 의미를 진정으로 아는 것은 아니고, 일 반적으로 고통스러운 경험을 통해서 현실의 삶에서 그 진리들 이 말한 진정한 의미를 몸으로 직접 겪고 나서야, 처음으로 그 진정한 의미를 알게 된다. 사람이 어떤 예견하지 못했던 불행이 나 좌절을 겪으면서 고통스러워할 때, 그가 평소에 아주 잘 알 고 있었던 속담이나 격언이 갑자기 떠오르며, 그 말의 진정한 의미를 처음으로 깨닫게 되면서, 자기가 그 참된 의미를 진작 에 알았다면 이런 불행이나 좌절을 겪지 않아도 되었을 것이라 고 안타까워하는 일이 자주 일어난다.

나도 동생들과 같은 마음이 생기고 나서야 지난 시간을 돌아보기 시작했다. 열세 살의 진형이가 가졌던 마음에 대해 생각했다. 동생들이 맞고 있는 것을 보며 내가 아니라 다행이라고 느끼던 마음을 생각했다. 지금 달라지지 않으면 내일도 똑같다는 자각을 하기 시작했다. 성인이 돼서 아빠에게 이제 집을 나가서 살고 싶다고 말했다. 나로서는 용기와 진심을 담은 말이었다. 그런데 아빠는 그 말을 듣고는 먼저 크게 비웃더니 네가 아직 현실이 얼마나 무서운지 모른다며 나가고 싶으면 일단 이 집에서 집세, 식비, 전기세, 수도세, 가스비, 통신요금 다 내면서 몇 달을 살아보라고 했다. 아빠가 제시한 금액은 다 합쳐서 월 70만 원 정도였는데, 말문이 막혔다. 아빠는 우리를 어떻게 쥐고 흔들지, 우리의 약점이 무엇인지, 우리가 어떻게 해야 크게 상처받을지를 동물적으로 알고 이용할 줄 아는 사람이었다. 그 앞에서 어떻게 살아야 하는지에 대한 설교를 몇 시간쯤 듣고 방으로 돌아왔다. 나는 나대로 동생에게 이런 말을 했다.

"나도 어떻게든 돈을 모아볼 테니까 너도 성인이 돼서 돈 벌 수 있게 되면 같이 월세방을 구해서 살자."

남동생에게는 일단 고등학교 졸업할 때까지만 참아보고 바로 군대에 들어가라고 했다. 어디든 아빠가 있는 집보다는 나을 것 같았다.

고통과 죽음을 피할 수 없다는 자각을 삶의 가장 강한 동력으로, 인간적 연대의 토대로, 기쁨과 열정에 강도와 깊이를 선사하는 경험으로 만드는 대신 이런 경험을 억압하라고 강요한다. 하지만 항상 그렇듯 억압하여 보이지 않는 곳으로 치웠다고 그것이 존재하지 않는 것은 아니다. ⋯ 우리는 부인하려 애쓰지만 죽음의 공포는 생생하게 살아남는다.

에리히 프롬의 『나는 왜 무기력을 되풀이 하는가』라는 책에 나오는 글이다. 나는 스물한 살이 되고부터 엉킨 실타래 같은 폭력의 대물림 문제, 억압하여 보이지 않는 곳으로 치워 두었지만 머릿속에서 나를 매일 괴롭히는 기억들을 뜯어보고 보고 또 보며 어떻게 벗어나야 할지 고민하기 시작했다. 내가 겪은 일들의 의미를 찾아내야겠다는 의지가 컸다.

일기도 꾸준히 썼다. 기록하지 않으면 금세 휘발되어 버리는 날 것 그대로의 감정들을 잡아두고 싶었다. 흐르는 대로 흘려보내고 싶지는 않았다.

2018년 5월 5일

동생이 그만두고 싶다고 말했을 때 '그러면 안 돼. 내 마음이 아파. 남은 사람들이 아파.'라는 말 말고 살아야 될 이유를 건네줄 수 없다는 사실이 허탈하고, 이유를 알지 못하는 나 자신도 다 그만둬 버리고 싶다는 사실이 계속 나타나서 울고만 싶다. 온갖 억울한 일들은 왜 일어났을까? 우린 왜 겪고만 있어야 했던 걸까? 왜 그런 일들은 세상에서 사라지지 않는 걸까?

상담 선생님 두 분에게도 '선생님은 살아야 하는 이유가 뭐라고 생각하세요?'라고 물었지만 그건 정답이 있는 게 아닌 것 같다고, 저에게도 어려운 질문이라고 말해주셨다. 나는 왜 살아야 하는지 그 이유를 모르지만 동생들을 지킬 수 있는 사람이 되기 위해 노력해야겠지. 자꾸 어둠이 스물스물 기어오를 때 의식적으로 고개를 돌려서 빛을 보고, 빛을 보고 그렇게 버티는 수밖에.

방향성, 폭력의 반대편으로 가자

폭력의 반대편으로, 폭력이 존재하지 않는 곳으로 가고 싶다는 생각만 있을 뿐, 그런 의지를 밖으로 드러낼 수 없었던 나는 아무 말도 할 수 없었다. 폭력 반대편으로 가는 길을 쳐다보기만 할 뿐 그 길을 걷지 못하는 두 다리를 보며 나는 어디도 나아갈 수 없는 사람이 되었다. 어디로 어떻게 걸어야 할지 모르는 사람이 되었다.

폭력적인 모든 것을 비난하고 원망하고 분노하면서도 나 자신이 폭력적인 사람이 되어 있었고 그런 나를 보면서 무슨 성찰을 하고 어떤 전망을 가져야 하는지 도무지 알 수 없었다. 무슨 생각을 해야 하는지, 누가 좀 알려줬으면 좋겠다고 생각했다. 알 수 없기에 혼란스러웠다. 외롭고 우울하고 슬프고 마음 상태가 좋지 않을 때, 그럴 때 내게 힘이 되고 도움이 됐던 게 책읽기였다. 아빠가 내 외투를 강제로 벗기는 바람 같은 것이었다면 책은 따사로운 햇살이었다.

애덤 스미스의 『도덕감정론』에 이런 내용이 있다.

모든 사람들이 무척이나 희망하는 목표를 동일하게 달성할 수 있는 두 개의 서로 다른 길이 우리에게 제시되고 있다. 하나는 지혜의 탐구와 미덕을 실천함으로써 도달하는 길이고, 다른 하나는 부와 권세를 획득함으로써 달성하는 길이다. 우리의 경쟁심에도 두 가지의 서로 다른 성격이 제시된다. 하나는 교만한 야심과 허세를 부리는 탐욕의 성격이며, 다른 하나는 소박한 겸양과 공정한 정의의 성격이다. … 한쪽은 그 움직임이 세상 사람들의 방황하는 모든 이목에 집중되지만, 다른 한쪽은 가장 탐구적이고 주의 깊은 관찰자를 제외하고는 거의 어느 누구의 주의도 끌지 못한다. 이처럼 예외적인 관찰자들은 주로 현명하고 덕망있는 사람들이며, 유감스럽게도 선택된 소수 집단에 불과하지만 이들은 진정으로 견실하게 지혜와 미덕을 찬미

하는 선량들이다. 세상 대다수의 대중들은 부와 권세의 찬미자이고 숭배자이다. 그리고 더욱 특이한 것은 그들이 부와 권세에는 실제로 이해관계가 없는 찬미자이며 숭배자일 경우가 가장 빈번하다는 것이다.

3백 년 전에 살았던 애덤 스미스가 짚은 것처럼 내가 사는 세상은 부와 권세에 박수치는 세상이었다. 그렇지만 책은 내게 그 세상 밖에 있는 다른 길, 지혜를 탐구하고 미덕을 실천함으로서 도달하는 길을 제시해주었다. 나는 하얀 도화지를 앞에 두고 남들이 칠해주는 대로 칠해지는 사람이었다. 혼자서 칠해보라면 안절부절못하며 옆 사람 도화지를 힐끔힐끔 쳐다보는 아이. 책상 앞에 오래도록 앉아 수학문제 풀 줄만 알았지 인생문제는 어떻게 풀어야 할지 모르는 아이. 그러다가 질문을 던지기 시작하면서, 의문을 제기하면서 구석진 작은 모퉁이부터 내가 색을 정해 칠하기 시작했던 것 같다. 아빠가 말하는 길로 갔어도 얻는 게 없지는 않았겠지만 이렇게 계속 뒤틀린 채 마리오네트처럼 살아가다간 내가 끔찍하게 생각하던 그런 사람이 될 게 뻔해 보였다. 이성적인 여동생 여름이와 달리 감정 변화가 심하고 불안이 많고 예민했던 나는 그렇게 계속 배우고 마음을 고쳐먹고 훈련시켜야 바뀔 수 있었다.

　다른 사람이 되고 싶었다. 그 욕망이 참 강했던 것 같다. 피해자와 가해자의 모습이 혼재되어 있는 내가 너무 싫어서 내 안에 아빠랑 닮은 것의 싹을 다 잘라내고 싶었다. 내가 당신이 틀렸다는 걸 증명할 거라고, 그게 몇 십 년이 걸려도 상관없으니 폭력의 반대편으로 갈 거라고 그렇게 다짐하고 또 다짐하는 날이 많았다. 아빠가 돈과 성공을 말하며 때릴수록, 우리를 옥죄고 협박할수록 더 반대편으로 가고 싶었던 것 같다. 아빠가 "공부 잘하고 돈 많은 집 친구 사귀어서 너도 그렇게 되라."고 말하면 나는 겉으로는 "네, 그럴게요." 대답하고서 속으로는 '나중에 벗어나면 봐라. 내가 정반대로 산다.' 하며 다른 생각을 했다.

　아빠와 나는 방향이 달랐고 방향이 다른 욕망은 언젠가는 충돌하게 되어 있었다. 나는 무엇보다 나보다 어린 동생들을 살려내고 싶었다. 아빠가 나와 동생들의 목을 죄어올 때마다 이런 생각이 들었다. 동생이 다시 삶과 죽음의 갈림길에, 육교 난간에 서지 않게 하려면 내가 뭘 할 수 있을까. 내가 할 수 있는 게 있긴 한 건가. 그런 질문을 시시때때로 나에게 던졌다. 영화를 보며 웃고 있을 때도, 누군가와 같이 있다가도, 밥을 먹다가도 그런 생각을 했다. 당장 바뀌는 것이 없더라도 그날그날 내가 할 수 있는 것들을 잊지 않고 꼭 하려고 노력했다. 실어증 걸린 것마냥 말을 잃어버렸는데 던져진 질문들을 천천히 고민하고 그것에 대답을 해가며 아주 천천히 내 언어를 찾아갔다. 대단하다는 작가, 감독들의 언어를 참고했다. 나는 보잘것없고 하찮아서 나만의 생각도 보잘것없고 하찮겠지만, 작가와 감독들은 뛰어난 사람들이고 다들 훌륭하다고 하는 사람들이니까 그 사람들의 말에서 지혜를 찾으면 되겠다고 생각했다.

　나는 특히 "인간이 인간을 때릴 수 있는 권리나 인간이 인간에게 맞아야 할 의무 같은 건 없어요."라는 말이 맞다는 것을 증명하고 싶었다. 아빠는 내 눈앞에서 우리를 때릴 수 있는 권리가 있는 것처럼 때리고, 우리는 맞아야 할 의무가 있는 사람들처럼 맞고 있는데 그런 권리나 의무가 없다는 것을 주장하는 사람들은 무엇을 배우고, 무엇을 생각했을까? 그 사람들처럼 되려면 어떻게 행동하고 말해야 할까? 하는 질문들에 대한 답이 그 속에는 있을 것만 같았다. 나는 태어나서부터 그 말을 가지고 있는 사람이 아니었기 때문에 오래된 건물을 부수듯 가지고 있던 부정적인 사고를 부수고, 재조정하고 새로 내면세계를 짓고 싶었다. '폭력이 나쁘다.'라는 말이 내 세상에서는 하나도 당연하지 않았기 때문에 증거가 필요했다. 나는 지식과 경험, 지혜가 아빠가 휘두르는 폭력에 대응할 방패와 무기가 되어 나를 보호해줄 거라고 믿었다. 아마 그런 것들이 간절하게 필요한 상황이 아니었다면, 세상이 무섭고 공포스럽기만 한 곳으로 느껴지는 것이 아니라 넘어진 자리를 툭툭 털고 다시 걸어가 볼 수 있는 곳처럼 느껴졌다면 그렇게 간절하지는 않았을 거다.

명성을 가진 사람들의 말이라고 다 무비판적으로 수용했던 것은 아니고 내가 납득할 수 있는 만큼, 이해할 수 있는 만큼만 읽고 수용했다. 책 속에는 나보다 앞서서 나와 같은 고민을 한 사람들, 나보다 앞서서 사람이 보편적으로 갖게 되는 질문에 대한 답을 아주 끈질기게 물고 늘어져서 파고 또 파고 들어가 본 사람들이 많았다. 그 사람들 생각을 읽으며 나도 내 불행의 원인을 파고 들어가다 보면 현실의 고통에서 벗어나 저렇게 말과 말의 살가운 무늬로 이뤄진 삶을 살 수 있지 않을까 하는 희망을 품었다. 책 속의 사람들처럼 과거를 극복하고 싶었고, 현재를 이해하고 싶었고, 미래를 소망하고 싶었다.

2019년에 개봉한 영화 〈조조 래빗〉은 제2차 세계대전 말기 독일을 배경으로 한다. 엄마 로지와 함께 살아가는 열 살 소년 조조는 상상 속에서 히틀러를 친구삼아 대화할 만큼 나치즘에 빠져 있다. 하지만 엄마 로지는 유대인 엘사를 숨겨줄 만큼 당시 독일 정권에 반대하는 인물이었다. 엄마가 자신이 선망하는 나치에 반대하는 줄도 모르고 '하일 히틀러Heil Hitler!'를 외치던 조조는 엄마와 광장을 걷다가 유대인을 숨겨주었다는 이유로 교수형을 당한 독일인과 마주친다. 엄마 로지는 못 볼 것을 보았다는 듯 눈을 돌리는 조조의 고개를 돌려 다시 그 장면을 마주하게끔 한다. 시간이 흘러 조조는 엄마 로지가 바로 그 교수대에 올라 있는 것을 본다. 다시 보았을 때 조조는 고개를 돌리지 않고 풀린 엄마 신발 끈을 묶어준다. 그 장면에서 슬프지만 조조가 삶의 상실을 마주하고 받아들이며 그다음 발걸음을 내디딜 수 있게 되었음을 알 수 있었다. 보고 싶지 않다고 눈을 돌린다고 그 일이 사라지지 않는다. 매듭을 짓기 위해서는 똑바로 마주하는 시간이 필요했다.

비슷한 시기에 개봉한 영화 〈1917〉은 제1차 세계대전이 끝나기 1년 전인 1917년 어느 연합군 이야기를 담고 있다. 영국군 병사인 스코필드와 블레이크는 다른 부대 지휘관에게 가서 공격 중지 명령을 전하라는 미션을 받는다. 그 공격이 행해지면 독일군에게 천 명이 넘는 아군들이 죽을 수도 있다는 것. 그리고 블레이크의 형이 그 부대에 속해 있다는 말과 함께. 둘은 그 명령을 전달하기 위해 죽기 살기로 움직인다. 그러던 중 블레이크는 독일군에게 죽임을 당한다. 스코필드는 죽은 친구를 뒤로하고 그 명령을 전달하기 위해 내달리는데, 도착하니 공격이 시작되고 있었다. 스코필드는 공격이 시작되었음을 알지만 아직 대기하고 있는 병사들 목숨이라도 살리기 위해 참호를 가로질러 지휘관에게 뛰어간다. 수백 명이 전쟁을 치르기 위해 적군에게로 달려가는데, 아군들 사이를 가로질러 가는 스코필드의 모습에는 친구를 잃은 슬픔, 그 친구가 행하고자 한 바를 대신 이루고 말겠다는 비장함이 느껴진다. 전쟁이 치러지지 않기를 바라지만 전쟁이 치러지는 것이 현실이라면, 죽은 친구를 살려낼 수도, 죽은 친구의 형을 다치지 않게 할 수도, 전쟁을 막을 수도 없는 것이 현실이지만, 그럼에도 그 사이를 가로질러서 어떻게든 그 전투만이라도 막으려 했던 것이 스코필드가 할 수 있었던 최선 아니었을까. 우연에 기대서 얻는 생명의 가능성이더라도 말이다. 나는 스코필드가 가능성이 희박함에도 불구하고 할 수 있는 데까지 내달리는 장면에서 힘을 얻었다. 나도 그처럼 희망이 손에 잡히지 않는 상황에서도 달릴 수 있을 때까지 달려보는 사람이 되고 싶었다.

관찰자 시점의 탄생

우울함과 무기력만 가득했던 2학년 2학기를 지나면서 이대로 살 수 없다는 생각에 더 나빠지지 않기 위해 내면의 어두운 마음과 추한 마음, 내가 처한 상황을 왜곡 없이 똑바로 들여다보려고 노력했다. 3학년이 되어 학교 상담센터에 상담을 신청했다. 상담은 1년 정도 이어졌다. 내 문제는 누구의 도움도 기대하지 않고 혼자 해결해야 한다는 생각이 강했던 나는 다른 사람들 앞에서 우는 것도 관심과 위로를 구걸하는 것처럼 보일까 싶어서 계속 참아왔다. 하지만 상담을 받으면서는 속절없이 눈물을 흘렸다. 이 정도로 울었으면 눈물이 그만 날 때도 되지 않았을까 싶었는데 상담하며 내 이야기를 털어놓을 때마다 눈물이 흘렀다. 나는 정확하게 기억나지 않을 만큼 어렸을 적부터 경험해온 폭력에 대해서 이야기했다.

대학생활을 시작하면서 일어난 또 다른 변화는 영화를 많이 보게 됐다는 것이다. 하루에 서너 편씩 보던 때도 있었다. 나는 특히 가족을 소재로 다룬 영화를 좋아했다. 양익준 감독의 〈똥파리〉와 고레에다 히로카즈 감독의 영화가 그랬다. 〈똥파리〉는 폭력의 대물림에 대해 내가 하던 고민과 비슷한 문제의식을 담고 있어 이 영화를 시작으로 독립영화를 찾아보게 됐다. 고레에다 히로카즈 감독의 영화 〈아무도 모른다〉는 1988년 일본 도쿄에서 일어난 '스가모 아동 방치 사건'을 소재로 한 영화다. 아버지가 다른 네 아이를 낳아 기르던 엄마 유는 사랑하는 사람이 생겨서 네 아이에게 약간의 돈을 남기고 떠난다. 아이들은 돈이 다 떨어졌는데도 돌아오지 않는 엄마를 기다리며 편의점에서 유통기한 지난 음식을 받아 끼니를 때우고, 수도가 끊겨 공원 수돗가에서 씻고 빨래하는 등 간신히 삶을 이어간다. 신고하면 네 아이가 여러 기관으로 흩어질 것이라는 걸 알았던 장남 아키라는 전기, 가스가 끊기는 와중에도 어떤 어른에게도 알리지 않고 생활한다.

네 아이들이 어른 없이 홀로 생활하는 모습이 어렸을 때 눈 뜨면 무기력한 공기에 잠겨 있던 어린 시절을 떠올리게 했다. 그런 상황에서도 싸우며 서로를 할퀴며 나빠지기보다 담담하게 생존을 이어가는 아이들 모습이 마음 아팠지만, 그런 상황에서도 '끔찍하게 망가지진 않을 수 있다.'는 희망을 홀로 엿봤다. 나는 주변 사람들에게 〈아무도 모른다〉가 참 좋은 영화라고 종종 이야기하곤 했는데 가끔 상대방에게서 "진짜 아무도 모르는 영화 아니야?" 하고 농담 섞인 이야기를 종종 들을 때가 있었다. 그럴 때마다 영화가 참 제목다운 주제를 담고 있다는 생각이 들곤 했다. '아무도 모른다. 무슨 일이 일어나는지는 정말 아무도 모른다.' 당시 나는 밝고 웃는 환한 사람들이나 상황에 조명을 비추기보다 알고 싶지 않고 보이지 않는 곳에 사는 사람들을 끌어올려 조명하는 영화들이 존재한다는 사실에 감사함을 느꼈다. 줄곧 어두운 곳을 살피다가 사람들이 눈으로 볼 수 있을 거리로까지 끌어올려 주는 사람들에게 쉽게 반했다.

책을 읽는 것은 원래 좋아했고 특히 소설을 즐겨 읽었다. 그런데 대학에 입학하고부터는 소설 이외에 인문서와 사회과학 책도 읽기 시작했다. 소설이 나를 위로하고 나 자신을 이해하는

데 감정적인 도움을 주었다면 인문서와 사회과학 텍스트는 나를 둘러싼 세상을 이해하는 데 도움을 주었다. 어려서부터 가족, 학교 미디어로부터 강압적으로 주입받은 사회·문화적 통념과 나를 분리하는 과정이었다. 개인 혼자 깨트리기 어려운 사회 구조적 문제와 나 개인이 선천적으로 타고난 문제를 분리하며 모든 문제를 내 탓으로 돌리곤 했던 나쁜 습관이 줄어들었다.

책을 읽거나 영화를 보는 데에 감정 소모가 심해 읽고 보는 게 힘들어질 때면 〈이동진의 빨간책방〉, 〈지적대화를 위한 넓고 얕은 지식〉 같은 팟캐스트를 하루 종일 들었다. 이해가 안 되어도 들었다. 그만큼 과거의 나로부터 나는 최대한 나 자신을 떨어뜨리고 싶었다. 음악도 많이 들었다. 특히 아이유와 브로콜리너마저, 빈첸, 넬의 노래 가사를 좋아한다. 쉽게 위로를 건네지도 그렇다고 지나치지도 못하는 마음, 목구멍에서 나오지 않고 오랫동안 맺혀 있던 감정들이 느껴지는 노래들이 많아서 특히 좋았다.

그러면서 어느 시점부터는 수동적으로 생각만 하는 게 아니라 행동을 하기 시작했다. 좋아하는 것들을 해봐야겠다고 생각했고 실행에 옮겼다. 먼저 다큐멘터리를 만드는 동아리에 들어가서 매주 다큐멘터리 한 편씩을 보고 동료들과 이야기를 나눴다. 동아리 사람들과 주거문제, 사회초년생 문제를 주제로 엉성하게나마 다큐멘터리를 만들어보기도 했다. 독서 모임도 했다. 중학생들과 함께하는 인문학 프로그램을 기획하고 실행하기도 했다. 인문학 프로그램은 뜻이 맞았던 대학 친구인 K, S와 함께 팀을 꾸려 〈Who are you, Who I am-나, 우리 그리고 세상에 필요한 질문을 찾아서〉라는 팀명으로 운영했다. 팀원 모두 입시를 위해 국어, 영어, 수학 문제 잘 풀기 위해 공부했지, 인생 문제를 풀기에는 취약할 수밖에 없도록 교육받았던 학생 시절에 대해 아쉬움을 가지고 있다는 공통점이 있었다. 현장에서 청소년 인문학 교육 가능성을 모색하며 기존 청소년-대학생 프로그램이 갖는 한계와 문제점을 개선하기 위해 수업 체계와 소통 방식 면에서 '질문만 던질 뿐 답은 제시하지 않는다.', '편향된 의중이 담긴 질문을 제시하지 않도록 주의한다.', '학생들이 제시하는 질문을 고려해 수록한다.' 등 원칙을 담아 학습지를 제작했고 다양한 텍스트를 사용했다. 수평적 토론, 글쓰기, 발표, 체험활동 등 다양한 방식을 도입해 약 9개월 간 학생들과 부딪치며 책과 영화, 음악을 가지고 대화를 나누었다.

나는 팀원들과 중학생 친구들에게 밖에 나가면 성적, 돈, 쓸모 같은 기준으로 남에게 평가받고 점수 매겨지는 때가 많을 것이고, 나 또한 그런 상황에서 살아야 한다는 것을 알고 있지만 이 인문학 프로그램 안에서만큼은 그런 기준은 뒤로 밀어두고 너와 나 그 자체로서 마음과 생각을 주고받는 공간을 만들고 싶다고 말했다. 지루하게 느껴졌던 교과서 속 어려운 말들이 죽지 않고 삶에서 나타나도록 살려내는 데 도움이 되고 싶기도 했다. 탐구 과정은 '나 자신의 내면과 외면, 꿈, 진로'라는 개인적 사유에서 시작해 '가족, 친구, 사랑, 공동체와 나의 관계', '나와 우리를 둘러싼 세상'으로 사유 범위를 확장하는 단계로 구성했다. 프란츠 카프카의 『변신』, 헤르만 헤세의 『수레바퀴 아래서』, 영화 〈빌리 엘리어트〉와 〈라이프 오브 파이〉, 아서 프랭크의 『아픈 몸을 살다』, 록산 게이의 『헝거』, 김희경의 『이상한 정상가족』, 영화 〈우리들〉, 정세랑의 『피프티 피플』 등을 보고 읽고 토론하며 각자가 배우고 느낀 생각을 공유하며 개인적으로도 생각이 넓어질 수 있는 시간이 되었다.

그 과정에서 좋은 사람들을 만났다. 대학에 오길 잘했다는 생각이 드는 순간이 바로 동아리에서 만난 사람들로부터 긍정적인 영향을 받을 때였다. 예전부터 배우고 싶었던 일본어도 배웠다. 명상 수업에도 3개월 정도 참여했는데 명상수업에 가면 의지와는 다르게 잠만 자게 되는 바람에 도중에 그만뒀다. 과외

와 알바로 모은 돈으로 영화를 보고 책을 샀다. 여행도 다녔고 약속도 가급적 많이 잡았다. 계속 집 밖으로 나왔다. 내 손으로 해결할 수 없는 많은 것들에 절망하는 일은 그만두고 싶었다. 혼자 방에서 어두운 생각에 빠져 있는 대신 내가 할 수 있는 것들을 찾아다녔다. 다시 어두운 동굴 안으로 들어가고 싶지 않았다. 어두운 곳에 있으면 의식적으로 빛을 향해 고개를 돌리려고 노력했다. 어두운 곳에 눈이 가면 고개를 돌리고, 다시 돌렸다. 그 시간 동안 늪에 빠져 있던 때를 천천히 되짚어봤다.

그 무렵 읽은 황정은의 『백의 그림자』에는 주인공이 자신에게 엄습해오는 강압적인 힘에 저항하는 대목이 있다.

소설 속 주인공은 묵직하게 등을 당기는 힘에 뒤집히면 만사 끝장이라는 생각으로 힘을 다해 버틴다. 감당할 수 없음을 알면서도 추락하고 싶은 마음, 절망에 손 뻗고 싶은 마음이 반복됐다. 이성만으로는 잘 벗어나 지지 않았다. 필사적으로 애를 써야 벗어날 수 있을 것 같았다. 그 시기의 나는 생의 의지, 생명력이 간절했다. 나도 주인공처럼 끈질기게 버텨서 나를 바닥으로 당기는 힘에 저항하고 싶었다.

상담 선생님과는 이런 대화도 나눴다. 내가 먼저 무기력한 나의 일상을 털어놓았다.

"저는 별로 기대가 없어요. 별일 없이 지나가는 하루일 때도 그래요. 기쁨도 없고. 절망하는 것도 싫지만 괜히 희망을 가져봤다가 그 희망이 부서지는 것을 바라보는 것도 견디기 힘들어요."

"요즘 기분은 어때요?"

"그냥 요즘은 좀 상태가 안 좋은 것 같아요. 이번 주에 아빠한테 혼나기도 하고, 우울하기도 했어요."

"아빠가 무슨 일로 혼냈는데요?"

"저번에 동생이 여행가는 걸로 아빠한테 혼났다고 했잖아요. 놀러 다니는 게 보기 싫었나 봐요. '나는 여행 안 가고 싶은 줄 아냐? 지금 돈 벌어서 부모님 여행 보내드리지는 못할망정, 나는 나가서 뼈 빠지게 돈 벌고, 너네는 여행 다니면 내가 화가 나냐, 안 나냐? 너희가 잘못한 건 생각 안 하고 맞은 것만 기억하지?' 뭐 이런 식의 말을 하면서 혼났어요."

"그래서 어떻게 했어요?"

"그냥 아빠 입장 공감해주면서, 맞다고, 제가 잘못한 것도 있는데 아빠 잘못만 말한 거 죄송하다고 몇 대 맞긴 했는데 이렇게 저렇게 이야기하니까 나중에는 수그러져서 좋게 끝났어요."

"가을 씨가 대처를 잘 했네요."

"그냥 항상 눈치 보면서 살아서 그런지, 사람들이, 특히 아빠가 뭘 듣고 싶어 할지, 어떻게 말해야 진정시킬 수 있을지 같은 것이 전보다는 잘 파악이 돼요. 그런데 저는 아빠가 잘못했다고 생각하는데 말만 그렇게 하는 거니까 너무 답답해요. 우리만 참는 것 같아요. 동생들이 너무 불쌍해요."

"듣고 싶어 한다고 생각했던 말이 실제로 그 사람이 듣고 싶어 했던 말이 맞았어요?"

"음, 뭐 완벽하게는 아니지만 대충 그랬던 것 같아요. 아빠가 집에 들어와서 처음 내뱉는 말, 목소리 높낮이, 입꼬리 모양, 눈빛만 봐도 오늘 기분이 어떨지 대충 느껴지거든요. 그 데이터가 많이 쌓이니까 잠시 유체이탈 한다 생각하고 밖에서 이 상황을 봐요. 아빠한테 잠시 들어가 보자하고 들어갔다 나왔다 해요. 효과가 있을 때도 있고 없을 때도 있지만 전보다는 있어요."

"공감능력이 높은가 봐요."

"체념 같은 것이기도 해요. 미워하고 절망하고 다 해봤는데 아무 소용도 없으니까, 현실이 달라지지 않으니까 차선으로 이렇게나마 버티는 거죠."

음악, 그림, 영화 등 관심을 가질 만한 것은 다양한데 나는 그중에서 언어로 인식하는 세계가 제일 좋았다. 특히 소설을 읽으면서 다양한 인물들을 만나고 사람에게서 피어오르는 다양한 감정들을 알게 되었다. 웹툰 〈가담항설〉은 내게 선과 악, 개인의 의지와 개인이 처한 상황에 따라 한 사람의 마음이 만들어져가는 과정에 대해 깊이 생각해볼 수 있게 해준 작품이다.

작가 랑또가 "타고난 체력과 지능이 차이나듯 의지력 또한 개인의 차이가 존재하고 사람이 처하게 되는 환경도 천차만별이고 살면서 만나는 사람도 전부 다릅니다. 이런 우연들은 누구에게나 조금씩 섞여 있지만 슬프게도 그것이 완전히 공평하지 않은 게 사실이지요. 누군가에게는 악이 너무 가까이 있습니다. 악은 교묘하고 일상적이며 사람의 약한 부분을 파고들고 조금씩 젖어들게 하면서도 쉽게 돌아 나오지 못하게 만들지요. 여러분들께서 부자가 횡령을 하는 것과 가난한 이가 분유를 훔치는 것을 다르게 느끼는 이유는 상황과 의지의 비율이 다르기 때문일 겁니다. 횡령은 의지의 범죄이고 분유는 상황의 범죄죠. 의지가 상황을 넘어서는 순간 그 책임에는 할증이 붙습니다. … 악도 선도 생각할 거리가 많지요."라고 설명했듯이 나는 여러 이야기를 통해 '악하니까 나쁜 놈, 선하니까 좋은 사람' 같은 이분법

적 판단을 내리는 것을 경계하게 됐다. 그보다 더 미묘한 빛깔의 차이, 명도 0퍼센트의 검정색과 명도 100퍼센트의 흰색 사이를 1:99의 비율부터 99:1의 비율로 섞어 촘촘히 채우는 색들을 다르게 인식하게 됐다.

아마 모든 이의 삶이 소설 한 권이라는 형식으로 쓰였다면 (옳은 사람이 아니라) 이해하지 못할 사람은 아무도 없을 것 같다. 소설은 모순덩어리 인간에게 소리를 지르며 잘못을 지적하고 충고하고 판단하기보다 멈춰 서서 그 모순덩어리를 오랫동안 바라보고 평면 속 타인에게 입체성을 부여한다. 나는 소설이 바라보는 그와 같은 관찰자 시점이 좋았다. 나는 소설을 통해 사람과 사람 사이를 연결하는 창문 하나를 선물 받은 것 같다. 그 창문을 여느냐 열지 않느냐는 내 의지에 달렸지만, 그 창문 덕에 삶을 감당할 수 있는 힘이 조금씩 커졌다.

'이렇게 되어야 마땅하다. 이렇게 생각하고 이렇게 살아야 옳다.'라는 말은 고전에 담긴 내용만 보아도 2천 년이 더 되었는데 왜 그 오랜 시간이 지나도록 이 말을 반복해서 해야 하는 세상에 사는지, 이렇게 되어야 하고 그렇게 살아야 하는 데 왜 바른말대로, 이치대로 되지 않는지에 관한 질문들에 대한 여러 가지 답변을 소설을 통해 들을 수 있었다. 거기에는 마냥 맑을 수

만은 없는 여러 종류의 욕망과 생존을 위한 이해관계들이 복잡하게 얽혀있다.

김학진 심리학과 교수가 쓴 『이타주의자의 은밀한 뇌 구조』에는 공감과는 구분되는 다른 종류의 타인 이해 능력으로 '관점 이동 능력'을 들고 있다. 타인을 이해하기 위해 자신의 경험을 그대로 투사하여 타인을 이해하려는 시도가 아닌 타인의 선호, 의도, 신념 등을 파악하는 능력을 말한다. 정서적이고 직관적인 측면이 강한 공감 능력과 인지적이고 분석적인 관점 이동 능력이 적절히 균형을 이룰 때 타인과 원활한 소통이 가능하다고 한다.

나는 두려움과 공포, 불안의 감정에 휩싸이는 동시에 정신줄을 놓지 않기 위해 이성적으로 생각하려고 노력했다. 아빠를 대할 때, 세상에 나가서 활동해야 할 때 공감 능력이건 관점 이동 능력이건 모든 능력을 다 써보려고 했다. 글이 보여주는 이상 세계가 반짝 터지고 끝나는 불꽃놀이처럼 보이고 그 환상 안에만 있고 싶을 때, 한때 아름다웠다가 계절이 지나면 시들고 마는 꽃같이 글이 보여주는 환상에서 벗어나 현실로 돌아오면 무섭고 적나라한 세상을 봐야 할 때 그런 훈련을 계속해온 것 같다. 거리두기. 영화의 한 장면을 본다고 생각하고, 소설에서 화가 나는 장면을 읽는다고 생각하고 관찰자 시점으로 멀리서 바라보기. 내가 끈을 놓지 않고 살아갈 수 있게 하는 하나의 방법이었다.

'2월 28일은 겨울이고 3월 1일은 봄이야.' 하고 계절의 변화를 뚝딱 규정해낼 수 없듯이, 나 또한 '어떤 책 한 권을 읽기 전에는 짐승이었고 그 책을 읽고 난 몇 월 며칠부터는 사람 구실하기 시작했어.' 같은 극적인 전환을 겪은 것은 아니다. 계절의 변화처럼 영하에서 영상으로, 상온으로 조금씩 조금씩 온도를 높여왔다. 그즈음 이런 생각도 골똘히 했다.

'빛을 찾아다녔던 사람들에 대해서 상상해보기도 했어. 옛날 사람들은 해가 저물어서 빛이 사라진 그 어두운 시간을 어떻게 보냈을까? 그 옛날에도 사람들은 어두움에 눈이 멀어, 보고 싶은 것들을 보지 못하는 그 시간을 버티지 못하고 빛을 찾다가 반딧불이도 잡아 모아보고, 불도 지펴보고, 전구도 발명하고 그랬던 게 아닐까? 설령 그게 해에서 뿜어져 나오는 빛이 아니라 하더라도 그 빛이 세상을 비춰주는 그런 빛이 아니더라도, 그렇게라도 빛을 밝히고 싶었던 것이 아닐까. 아주 작은 공간이라도 그렇게 밝히고 싶었던 게 아닐까 하고.'

나에게 글이란 그런 것이었다. 나라는 아주 작은 존재를 비취주기도 하고 비춰보기도 하는 반딧불이 같은 것.

강유원이 쓴 『책과 세계』에 나오는 다음의 말은 내가 책을 읽고 글을 좋아하게 된 연유를 은유적으로 잘 설명해준다.

이 지구에 살고 있는 사람들 중 절대 다수가 책을 읽지 않는다. 그들은 평생 동안 살아 있는 자연만을 마주하고 살아간다. 퍼덕퍼덕 움직이는 세계가 있으니 죽어 있는 글자 따위는 눈에 담지 않는다. … 그들은 평생을 아프리카 초원의 사자나 얼룩말처럼 살다가 어머니인 대지의 품에 안겨서 잠든다. 나서 죽을 때까지 단 한 번의 자기반성도 하지 않는다. 마치 사자가 지금까지의 얼룩말 잡아먹기를 반성하고 남은 생을 풀만 뜯어 먹으면서 살아가기로 결심하지 않는 것처럼. 사자가 위장에 탈이 나면 풀을 먹듯이 병든 인간만이 책을 읽는다.

이창현이 쓴 『익명의 독서중독자들』도 내가 인상적으로 읽은 만화 중 하나이다. 내 스승님이 추천해주신 책이기도 하다. 책이 좋은데 왜 좋아하는지 설명하기 어려웠는데 이 책에서 재인용된 알베르토 망구엘의 『독서의 역사』 속 문장을 빌려 설명할 수 있었다.

우리 모두는 자신이 어떤 존재이고, 또 어디쯤 서 있는지를 살펴려고 우리 자신뿐 아니라 우리를 둘러싸고 있는 세계를 읽는다. 우리는 이해하기 위해, 아니면 이해의 단서를 얻기 위해 읽는다. 우리는 뭔가를 읽지 않고는 배겨 내지 못한다.

강유원이 쓴 『책과 세계』에는 또 이런 대목이 있다.

답은 고전이 보여주는 자아들을 자기 몸에 넣어보고, 다시 빠져나와 보고, 다시 또 다른 것을 넣어보고, 또다시 빠져나와 본다음에야 얻을 수 있을 것이다. 그러나 이것 역시 무의미한 일일수 있다. 그렇게 해서 얻어질 자아가 과연 진정한 것인지 확인할길이 막막하기 때문이다. 그렇다면 아예 텍스트를 손에 잡지 말아야 하는가? 알 수 없는 일이다, 사실.

나는 아버지폭력 문제를 해결하고 싶은 마음이 간절해서 열심히 읽고, 현실을 열심히 관찰하고, 관찰한 현실을 다시 글로읽으며 의식화하고, 새로운 현실을 마주치면 또 열심히 관찰해서 글에서 찾을 수 있는 말을 찾고 그 말이 사실인지를 계속해서 현실과 대조하고 확인하려고 했다. 독서율이 현저하게 낮고 책의 생명이 위협받기도 하는 사회지만 나는 책이 좋다. 언어로 인식하는 세계가 좋다. 가만히 들여다보면서 곱씹고 의문을 제기하고 이런저런 나의 생각을 심판대에 올려놓고 다듬을 시간을 준다. 저자를 통해 새로운 통찰을 발견할 때 짜릿한 즐거움이 느껴지는 순간도 좋다. 사람과 직접 만나 이야기하는 자리에서는 즉각적으로 반응해야 한다. 이해가 되지 않아도 대화 주제가 바뀌면 바뀌는 대로 적응해야 한다. 빨라서 곱씹거나 소화하기 어렵다. 하지만 글은 내가 이해하고 소화할 수 있는 만큼의 시간을 충분히 준다. 강압적이지도 않고 느슨하지도 않게 나 스스로가 생각해서 답을 찾도록 돕는다. 그래서 나는 언어로 인식하는 세계가 좋다. 읽는다고 모든 것이 해결되는 답이 나오는 건 아니다. 현실은 글의 세계보다 아주 무서운 곳이니까. 그래도 글이 보여주는 세계를 모르는 것보다는 훨씬 좋다.

만남과 관계 사이에서 피어난 희망

미성년의 세계에서 벗어나 대학에서 만난 사람들로 인해 내게 전에 없던 새로운 관계들이 형성됐고 새로운 마음도 생기기 시작했다. 마음을 꽁꽁 싸매고 있을뿐더러 말조차도 잘 못 꺼냈던 내가 사람들을 만나겠다고 동아리와 독서모임 등을 찾아서 들어가고, 생활비도 부족하면서 일부러 시간과 비용을 들여 책을 읽고 영화를 찾아본 이유는 지금의 초라함을 나중까지 이어지게 할 수는 없다는 생각, 지금 열등한 패를 까보이는 게 무서워서 언제까지 가난한 마음으로 살 수는 없다는 생각이 강했기 때문이었다. 모르는 건 아는 척하지 않고 모르니까 알려달라고 말하고 또 모르던 것을 알아내면서 나는 조금씩 변해갔다.

내게 부족한 점을 바라보고 그걸 어디서 채울 수 있을까 생각해본 다음에 나에게 맞는 곳을 찾아다녔다. 특히 내게 정치와 경제 분야는 거의 백지 상태여서 다른 사람 의견을 듣고도 온전히 이해하는 게 힘들었다. 그래서 문학이나 독립영화를 읽거나 보는 동아리가 아니라 정치, 사회, 경제 분야 책을 읽는 모임이나 현실 문제에 대해 고민할 수 있는 곳에서 부딪치며 많이 배웠다. 배울 점이 많은 사람에게 여러 가지를 물으며 지식을 구했다. 무지에 대한 부끄러움을 들키기 싫어서 숨기기보다 '언젠가 지금보다 나아진 나'를 생각하려고 했다.

3학년이 되어 독서모임에서 만난 사람들과 다큐멘터리 동아리에서 활동한 사람들은 모두 좋은 사람들이었다. 하나같이 건강하고 따뜻했다. 살다 보면 누구나 자기 자신을 선하게 하고 힘이 나게 하는 사람을 만나기도 하고 나쁘게 하고 약해지게 만드는 사람들을 만나기도 하는데 독서모임 사람들은 전자였다. 착하고 좋은 모습만 보여주고 싶게 만드는 사람들이었다.

내가 참여한 독서모임은 학교에서 강의를 하던 선생님이 종강 후 학생들의 요구에 응하면서 만들어진 독서 세미나였다. 그곳에서 만난 J선생님은 내가 현실에서 처음 만난 어른이었다. 책이 아닌 바깥세상에서 처음 만난 온기를 가진 어른다운 어른이었다.

언젠가 김승섭 작가의 『아픔이 길이 되려면』이라는 책을 읽고 뒤풀이를 하였다. 그 자리에서 나는 선생님께 아버지폭력을 겪고 있다고 말씀드렸다. 눈물도 조금 흘렸다. 선생님은 별말 없이 들어주셨다. 상담시간에 이야기를 토로하는 것보다 몇 배로 감정이 해소되는 기분이 들었다. 그 이후로 계속 선생님과 이야기를 나누었고 나는 그 시간이 참 좋았다. 선생님을 통해 사람을 향해 진심으로 손 내미는 방법을 배웠다.

이를테면 "놀러 다녀도 좋지 않아요. 마음은 엉망이에요." 하고 말하면 선생님은 "그렇겠지, 지금 네가 안정되어 있으면 뭐 하러 놀러 다니겠어."라고 말해주셨다. "저도 잘 자랐으면 사회에 더 도움되는 사람이 될 수 있지 않았을까 하는 생각을 해요." 라는 말에는 멍청한 소리 하지 말라고. 잘 하고 있다고, "그렇게 힘든 데서 공부해서 대학 왔고 그게 나는 기적이라고 생각한다." 고 말해주셨다. 시험기간이면 "잘 하려고 하지 말고 그냥 하던 대로 하라."고 말해주셨다. "집에만 있으면 동생들에게도 좋지 않으니 자꾸 움직여라. 필요한 기본적인 것들에 집중하고 어려운 일 있으면 혼자 끙끙대지 말고 바로 연락하라."고 말씀해주셨다. "마음 조급하게 먹지 말고 자신의 가치를 인정하고 당당하게 준비하라."는 말씀도 해주셨다.

바쁜 와중에 나에게 시간을 내어 일상에 온기를 채워주시는 선생님께 감사했다. 관계에 있어 적절한 거리두기가 필요하다고 말하는 선생님이시기에 무작정 마음을 퍼주거나 마음에 없는 말을 하지도 않으셨다. 잘하면 잘하고 있다고, 잘못된 건 잘못됐다고 기준을 가지고 판단해 주셨기 때문에 선생님 말씀은 믿을 수 있었고 나에 대해서도 다 잘 알게 됐다. 선생님은 언젠가 내게 이런 메모를 주기도 하셨다. 내 잘못만 보이고 자기혐오, 자기연민이 뒤섞여 있는 마음을 토로한 뒤였다.

망가진 물건을 앞에 두고 있으면, 거기에 내 탓이 있는 것처럼 여겨집니다. 주위에는 상처입고 망가진 것들 투성이고, 그런 망가진 것들을 보면 거기에 내 책임도 있는 것 같습니다. 내 탓이 아니라고 생각하면, 나만 괜찮은 것 같아 죄책감이 들기 때문입니다. 주위의 상처 입은 관계들 속에서도 지금까지 가을이는 비교적 자신을 잘 버텨 왔습니다. 그렇지만 그 안에 켜켜이 쌓인 공허함과 상처가 없지는 않을 테고, '그들의 상처는 내 탓이 아니야.'라고 생각한다고 해서 쉽게 그 공허함이 없어지지는 않을 겁니다. 서두르지 말고 지금처럼 조금씩 자신을 꺼내놓고 들여다보며 그 속에 사랑을 채워 가면 좋겠습니다. '우리는 조금 부스러지기는 했지만 파괴되지 않았습니다.' 우리는 조금 부스러지기는 했지만, 자신의 상처를 들여다보고 치유하며 다른 사람을 위로할 수 있을 겁니다.

시간이 흐른 뒤, 집도 나오고 마음도 많이 정리되었을 쯤 나는 선생님께 감사한 마음을 표현하기 위해 이런 편지를 드렸다.

…제가 구걸하듯이 고통을 토해낼 때 도망가지 않고 있어주셔서 감사해요. 정말이요. 그리고 봐주셔서 감사해요. 저보고 잘 자랐다고, 너 좋은 사람이라고 반복해서 저를 속여주셔서 감사해요. 저 진짜 잘 속아 넘어갔어요. 제가 혼자 아무리 노력했어도 현실에서 물리적인 세계에서 좋음을 볼 수 없었으면 진짜 속아 넘어 갈 수는 없었을 것 같아요. 선생님이 저한테 건넨 말들, 기억하고 싶은 조각들을 잊지 않고 싶어요. 저 부끄러워하지 않고 더 행복해지고 강해질게요! 받은 거 다 갚으려면 내공을 장난 아니게 쌓아야겠어요. 쌤도 더 건강하고 행복하세요.

영화 〈공기인형〉에 나오는 주인공 노조미는 인간의 외로움을 달래기 위해 만들어진 공기인형이다. 그러던 노조미는 어느 날 감정이 생기고, 사람처럼 움직이고 말을 할 수 있게 된다. 밤에는 주인에게 공기인형이 되어주고, 낮에는 자기의 감정을 따라 돌아다니던 노조미는 공원에서 어느 할아버지를 만나 다음과 같은 이야기를 나눈다.

"자네, 하루살이라는 벌레를 아나? 하루살이는 말이지. 알을 낳고 하루 이틀 안에 죽어버려. 몸속은 텅 비어서 위도 없고 창자도 없어. 그 자리에 알이 들어차 있지. 알을 낳으려고 태어나는 거야. 인간도 다를 거 없지. 부질없어."

"저도, 텅 비었는데."

"엄청난 인연이구만. 나도 똑같은데. 텅 비었어."

"또 있을까요?"

"요즘 같아선 다들 그렇지."

"다들?"

"그래, 그 중에서도 이런 동네 사람들은 더 그래. 자네만 그런 게 아니야."

공기인형 속 할아버지는 노조미에게 「생명은」이라는 시를 들려준다.

「생명은」에 이른 구절이 있다.

생명이란
혼자서는 완벽해질 수 없도록
만들어졌나 보다
꽃도
암술과 수술이 있는 것만으로는
충분하지 않아서
벌레와 바람이 찾아와
암술과 수술을 만나게 해준다
생명은 자기 안에 결여를 품고 있어서
누군가 그 결여를 채워줘야 한다

나를 돕는 '벌레'와 '바람'이 되어준 사람들을 만난 것은 행운이라고밖에 말할 수 없을 것 같다. 어딘가가 비어 있는 사람들끼리 비어 있다는 이유로 서로를 채워주고자 하는 것은 분명 좋은 일이다. 한 끼를 채울 음식보다 진심 한 조각을 찾기가 오히려 어려운 사회에서 나는 좋은 사람들을 만났다. 좋은 사람들을 만나니 그 사람들과 함께 있기 위해 더 좋은 사람이 되고 싶었고, 마음가짐을 고쳐먹게 되었다. 아름다운 사람들 사이에 둘러싸일 수 있어서 웃는 날도 많아졌고, 슬픈 일에 충분히 슬퍼할 시간도 가질 수 있었다. 그 이후에 일어난 일들을 하나하나 감당하며 버틸 수 있는 힘을 갖게 된 것도 모두 내가 만난 아름다운 사람들 덕분이었다. 아름다운 사람들을 만나기 위해 두려움을 떨쳐내길 잘했다고 생각한다.

2018년 12월 26일, 최저기온 영하 7도, 구름 조금

12월 26일 추운 한겨울 저녁에 남동생이 집을 나갔다. 우리 가족이 오랫동안 빠져 있던 질곡에 균열이 일어나는 계기가 된 저녁이었다. 아르바이트 장소로 가던 길에 진형이에게 전화가 왔다.

"누나, 아빠가 성적표 가져오래. 나 그냥 집 나갈래."

"성적 많이 안 좋게 나왔어? 그래도 4, 5등급 아니야?"

"7, 8등급이야."

그 성적이면 아빠에게 바로 맞아도 이상하지 않을 성적이었다. 나도 그걸 잘 알았기 때문에 그 성적표를 들고 아빠 앞에 서서 매를 기다리는 거나 집을 나가는 것이나 위험한 건 매한가지라는 생각이 들었다. 그래서 동생에게 일단 집을 나가라고 걱정하지 말고 안 좋은 생각도 하지 말라고 했다. 그렇게 말하고 아르바이트 장소를 향해 집을 나섰는데 그날은 그해 겨울 중에서도 유난히 추웠다. '하필 나가도 이렇게 추운 날 집을 나가다니. 어디서 지내려나.' 생각하며 길을 걷는데 마음이 휘청휘청했다. 길에서 마주치는 세상 사람이 모두 진형이보다 행복해 보였다.

아르바이트를 하면서도 내내 이곳 매장이 우리 집보다 따뜻하다는 생각을 했다. 생각만 같아서는 지옥의 정체를 모르는 사람들이 무심코 제공해주는 안전함 속에서 계속 머무르고 싶었다. 이 시간이 끝나고 다시 집으로 돌아가야 한다고 생각하니 마음이 무겁기만 했다. 아빠는 지금쯤 어떤 표정일까, 어떤 생각을 하고 있을까, 진형이는 지금 어디에서 뭘 하고 있을까. 머리도 마음도 무거웠다.

남동생의 가출은 그때가 세 번째인가 네 번째였다. 첫 번째, 두 번째 가출을 했을 때는 아빠도 진형이를 찾으려고 노력했다. 위치추적 어플까지 깔고 진형이가 갈 만한 장소들을 찾아다녔다. 그런데 그날 아빠는 그렇게 하는 대신 진형이에게 문자 메시지를 보냈다.

"네가 없는데도 가족끼리 아주 잘 먹고 잘 지내고 있다. 왜 떳떳하지 못한 행동을 하고 나한테서 도망 다니냐? 이 한심한 새끼야."라든가 "네가 애초에 공부 열심히 했으면 이런 일이 있었겠냐? 너는 네가 잘못해 놓고 왜 나한테 때리네, 어쩌네 하면서 잘못을 뒤집어 씌우냐?" 같은 내용이었다. 진형이가 가출을 한 근본적인 원인에 대한 성찰은 전혀 없는 문자였다.

그러면 진형이는 또 이렇게 굴욕적인 답문자를 보내왔다. "잘못했습니다. 제가 놀고 한심한 행동을 해서 이렇게 도망치는 삶을 사는 건데, 다시는 그러지 않겠습니다. 여태까지도 그러지 않겠다고 말해왔지만, 이번 일을 계기로 진짜 바뀌겠습니다. 잘못했습니다."

수십 번을 반복해온 대화 패턴이었다. 아빠 성질 건드리고, 맞고, 잘못을 빌고, 한동안은 주의해서 행동하다가 시간이 지나면 원상태로 돌아가고, 다시 맞고, 잘못을 빌고….

엄마와 나와 여동생은 아빠와 잘 지내려 노력했다. 아빠 앞에서는 '진형이가 문제가 많죠.' 하고 말하며 달랬고, 진형이에게는 "얼마나 힘드니. 힘들 때 참지 말고 연락해. 밥이라도 사줄게. 안 좋은 생각만 하지 마." 그런 말을 하며 다독였다.

마음속에 들어 있는 하고 싶은 말을 하는 게 아니라 해야할 것 같은 그 상황에서 해야만 하는 말을 했다. 이처럼 마음을 속이는 말을 하지 않고 살 수 없는 삶이 지겨웠지만 이미 상한 아빠의 기분을 더 상하지 않게 하는 것이 혹여 돌아올 진형이를 위한, 또 우리 자신을 위한 일이라고 생각했다.

머무를 곳이 없는 진형이를 어떻게 해야 할까, 생각하던 나는 1년 전쯤 나를 상담해주었던 상담 선생님께 전화를 걸었다. 나는 선생님께 곧 고등학교 3학년 올라가는 남동생이 지금 가출 상태이고 갈 곳이 없는데, 머물 수 있는 쉼터나 기관 정보를 얻고 싶다고 했다. 상담 선생님께 그렇게 진형이가 처한 상황을 말씀드리고서 서울 내 위치한 기관 정보를 얻을 수 있었다. 아쉽게도 동생이 머무를 만한 쉼터는 몇 군데 되지 않았다. 그렇게 선생님을 직접 뵙고 상담을 받은 후 감사 인사를 드리고 나오려는데 선생님께서 내게 한 말씀을 덧붙이셨다.

"아빠의 폭력이 심각하면 신고해도 괜찮아요."

신고라는 선택지는 상상해본 적 없는 선택지였기 때문에 그 말을 듣고 속으로는 '신고라니. 설마요.' 하는 생각이 먼저 들었다. 일단 '알겠다'고 감사 인사를 드리고 나왔다.

나는 아동보호전문기관에 상담 예약을 하고, 동생에게 연락을 취해 이런 쉼터들이 있다고 알려줬다. 우선 거기서 지내고 있으라고. 한 학기만 있으면 대학 졸업이고, 졸업장만 따면 돈 벌 수 있을 거라고. 나도 지금은 아무것도 없어서 너를 도와줄 수가 없으니까 그때까지만 기다리라고.

그 추운 겨울에 동생이 집을 나가고 한 달이 넘도록 마음속에는 괴로움만 가득 차올랐다. 살얼음판 위를 걷는 듯 불안하고 무서웠다. 한 사람의 우울과 슬픔을 감당할 수 있을까? 생각이 아니라 행동으로 도울 수 있을까? 그런 질문도 내가 했던 무수한 질문들 중에 있었다. 잘잘못을 가리는 판단력을 키우고 전보다 마음도 강해졌으니 도울 수 있을 거라고 어려움이 와도 견뎌낼 수 있을 거라 생각하다가도, 막상 폭력이 닥쳐오면 정신이 공포와 두려움에 흐물흐물해지면서 그냥 쓰러지고만 싶어졌다. 현실이, 나의 나약함이 원망스러웠다. 불안하고 힘들어서 제대로 정신을 차릴 수가 없었다. 폭력도 무섭고 동생이 사라지는 것도 무서웠다. 금방이라도 정신줄을 놓고 안 좋은 생각을 해버릴 것 같은 동생을 바라보는 게 힘들었다. 같이 진흙탕으로 빠져서 헤어 나오지 못할 것 같았다. 숨 막히는 시간이 계속됐다. 아빠는 그 와중에도 집을 나간 동생에게 매일 밤 반성문을 써서 보내라고 했다. 그러면 동생은 반성문을 써서 보냈다. 보기만 해도 가습이 탁 막히는 말들을 한 달 내내 써서 보내는 진형이에게 무슨 말도 할 수 없었다. 그저 진형이를 돕기 위해서는 같이 침몰해서는 안 된다는 생각만 들었다.

　　동대문 교보문고에서 책이라도 읽으려고 서가를 돌아다니고 있을 때였다. 남동생에게 전화가 걸려왔다. 이런저런 이야기를 나누던 중 동생이 "주변에서 노랫소리가 들리네. 누나는 좋겠다. 즐겁게 지내서."라는 말을 하는 것이었다. 그 말을 듣는 나는 무기력과 절망감, 죄책감을 느꼈다. 진형이에게는 이렇게 말했다. "진형아, 나도 매일 버틸 뿐이야. 네가 집을 나가고 내가 뭘 그렇게 즐거울 일이 있겠어. 그냥 한번 웃고 말면 말았지. 나라도 정신 차리고 미래 생각해야지. 그래야 널 도와줄 수도 있지." 그렇게 대답하긴 했지만 '왜 나랑 같이 불행하지 않아? 어떻게 그럴 수 있어?'라고 말하는 것만 같은 동생을 보고 있는 게 힘들었다. 나 역시 그 순간까지도 한 번도 마음을 편하게 가져본 적이 없다. 나도 매일 언제 터질지 모르는 폭탄을 안고 사는 기분으로 경계하고 긴장하며 사는데, 더 큰 폭탄을 가지고 사는 존재를 보면서 무엇을 어떻게 해야 할지 알 수 없었다.

　　그 무렵 일기장에 쓴 이런 조각 글도 나의 그런 마음을 그대로 이야기하고 있었다.

이제 가족 걱정 말고 내 인생 걱정하고 싶다.

쫓기는 거 싫다. 무서운 거 싫다.

따뜻한 데서 살고 싶다. 진짜.

이제 추운 건 그만해. 나 그냥 돈 걱정할래.

뭐해먹고 살지 그런 거 걱정할래.

그니까 그만 찾아와. 나도 숨 좀 고르고 살고 싶어.

이런 상황에서도 바르게 가는 사람 있으면

누가 알려줬으면 좋겠다.

없으면 안 되는데.

그리고 한 달 뒤, 1월 26일

1월 26일의 일이었다. 12월 26일 집을 나간 진형이는 한 달째 집으로 돌아오지 않고 있었다. 남동생은 그 기간 동안 할머니 집에 몸을 의탁했다. 그날 아빠는 엄마에게 김진형을 찾아오라고 명령 아닌 명령을 했다. 엄마는 아침부터 진형이에게 전화해서 이제는 집으로 돌아오라고 말했다. 진형이는 집에 들어가는 게 죽는 것보다 싫다고 했다. 엄마는 그 사이 아빠도 바뀌었다고, 맞을 일은 없을 테니 한 번만 엄마 말 믿고 집에 들어오라고 했다.

진형이는 그런 엄마에게 계속 집에 들어오라고 강요하면 오늘 옥상으로 올라가겠다고 말했고, 엄마는 울면서 그러지 말라고 애원했다. 진형이는 엄마 말을 믿고 들어갔는데 아빠가 매를 들면 어떡할 거냐고 엄마가 책임질 거냐고 했고, 엄마는 아빠가 바뀌었다고, 그런 일은 없을 거라는 말을 반복했다. 그 말을 들은 진형이는 엄마에게 미친 것 아니냐면서 아빠가 그동안 자기한테 한 짓을 생각하면 어떻게 그런 무책임한 말을 할 수 있느냐고 험한 말을 쏘아붙였다. 엄마는 전화기를 들고 방 한구석에서 주저앉아 흐느끼며 울었다.

폭력의 가해자는 빠진 채 피해자들끼리 서로 살기 위해 다투고 있는 이 현실이 나는 우습고 서글펐다. 엄마가 무책임하다는 생각이 들었고 진형이 발언은 폭력적이라고 생각했다. 우리는 이제 우리 자신이 어떤 사람 때문에 어떤 이유에서 서로에게 상처주는 말들을 주고받는지 잊어버린 것 같았다. 내가 엄마에게 말했다.

"엄마, 진형이 좀 바꿔줘."

엄마가 내게 핸드폰을 건넸다. 전화를 바꾸니 감정적으로 격앙된 진형이 목소리가 들려왔다.

"누나, 엄마 미친 거 아니야? 나보고 집에 들어오래. 나 진짜 죽어버릴 거야. 어떻게 그런 말을 할 수 있어?"

동생은 엄마를 두고 차마 입에 담지 못할 말들을 내뱉었다.

"진형아, 난 네가 안 들어온다고 해도 이해해. 그래도 안 좋은 말은 하지 말고, 엄마가 무슨 잘못이 있냐."

나는 흥분한 동생 마음을 가라앉혀준 뒤 전화를 끊었다. 무릎에 고개를 파묻고 있는 엄마에게 이렇게 말했다. 나는 당연히 집에 들어오기가 죽기보다 싫다는 진형이 마음을 이해했다. 이성의 끈을 진형이보다 잘 잡는 편이어서 버틸 수 있었던 것뿐이다.

"엄마는 그렇게 당하고서도 아빠가 안 때릴 거라는 말을 믿어? 아니 그게 믿겨진단 말이야? 그런 믿음은 대체 어떻게 하면 생기는 거야? 되게 대단한 믿음이다."

엄마는 하소연이라도 하듯 대답했다.

"그럼 어떡해. 그냥 나가 있으라고 할 수도 없잖아."

나는 나대로 "이렇게 죽지 못해 사는 인생을, 가진 것도 없으면서 어떻게 셋이나 낳을 생각을 했어? 난 그것도 진짜 대단한 것 같아."라고 날선 말을 뱉은 뒤 밖을 나왔다. 추운 겨울이었다.

그리고 그날 밤이었다. 당시 방영하던 드라마 〈스카이캐슬〉을 보고 있는데 안방에서 엄마와 아빠가 다투는 소리가 여름이와 내가 있는 건넌방까지 흘러들어 왔다.

"내가 뭘 잘못했냐?" 아빠가 화난 어조로 물었다.

"그럼 진형이한테 왜 그런 문자를 보냈어?"

"그건 그 새끼 하는 짓이 한심해서 그렇지. 걔가 떳떳하게 행동했으면 집 밖에서 헤매면서 도망다니냐? 너는 엄마가 돼 가지고 자식이 집을 나갔는데 찾지도 않고 뭐하냐?"

"나도 당연히 찾으러 다녔지. 집에 돌아오라고도 했지. 그런데 안 들어오겠다는데 어떡해. 당신 같으면 그런 문자 받고 들어올 수 있겠어?"

"지금 내가 잘못했다는 거야? 내가 이 나이 이때까지 뼈 빠지게 돈 벌어서 새끼들 키운 거 당신 알아 몰라?"

한 달 동안 누르고 눌러뒀던 이야기가 드디어 터져나왔구나, 싶은 순간 엄마의 비명 소리가 들렸다.

'아빠가 지금 폭력을 쓴다. 엄마가 아빠한테 맞고 있다. 신고, 신고해야 돼.'

지금 생각해도 어떻게 그 생각을 행동으로 옮길 수 있었는지 모르겠다. 심하면 신고하라고 했던 상담 선생님의 말이 기억에 진하게 남아서였을까. 사실 나는 그렇게 해서라도 벗어나고 싶었던 걸까. 그때는 아빠에 대한 희망을 쌓아두던 방이 좁아지고, 좁아져서 더 이상 내 안 어디에도 그 자리를 찾을 수가 없었다. 싸늘하게 식은 감정과 두려움, 망설임이 혼재된 마음으로 핸드폰으로 손을 뻗어 112에 전화를 걸었다. 그러는 손이 계속 떨려왔다. 핸드폰을 손에서 놓칠 것만 같아서 두 손으로 붙들었다. 이 와중에 114를 눌러서 옆에 있던 여름이가 112에 해야 한다며 번호를 교정해주었다. 순간 다소 정신이 없었던 것 같다.

"무슨 일이시죠?"

"아빠가… 엄마를… 때리고 있어요…."

전화를 받은 112신고 접수원과 정확히 무슨 말이 오고 갔는지 기억나지 않는다. 목소리가 계속 떨려왔다. 아빠가 엄마를 때린다는 신고만 하면 경찰이 저절로 위치를 추적해서 찾아올 거라 생각했던 것 같다. 경찰은 차분한 목소리로 내용을 다시 확인하고 흉기 소유 여부를 물었다. 나는 흉기는 들지 않았다고 했고 순간 '흉기가 없다고 말하면 경찰이 상황을 심각하게 보지 않아서 늦게 출동하는 건가? 흉기가 있다고 했어야 했나?' 같은 의문들이 스쳐갔다. 주소가 어떻게 되냐는 경찰의 물음에 나는 용산구 ○○길이라고 했고, 경찰은 용산구 ○○길이 맞으시냐는 질문을 반복해서 했다. 나는 아빠가 언제든지 내가 경찰에 신고하는 장면을 발견할지 모르는 상황에서 계속 주소를 확인하고 묻는 경찰이 야속하다는 생각이 들었다. 몸도 목소리도 계속 떨렸다. 전화를 끊고 여름이와 부둥켜안고 흐느꼈다. 얼마 지나지 않아 아빠가 우리를 불렀다. 무릎을 꿇고 앉아 있는 엄마 눈이 퉁퉁 부어올라 있었다. 여름이는 계속 몸을 떨었다. 아빠는 우리를 앉혀놓고 이야기를 시작했다. 아빠는 머그컵을 들고서 잘못 대답하면 이걸로 너도 맞을 테니까 똑바로 얘기하라고 했다. 내 머릿속에는 경찰 생각뿐이었다.

'경찰이 초인종을 누르려나? 문을 두드리려나? 그런데 아빠가 안 열어주면 어떡하지? 그럼 경찰들은 그냥 가는 건가? 지금은 아빠가 안 때리고 있는데 별로 안 맞았다고 그냥 넘어가면 어쩌지? 집안일은 가족끼리 처리하라고 그냥 가버리면 어쩌지? 또 내가 신고했다는 사실을 알면 어떡하지? 경찰이 내 번호로 신고 받고 왔다고 말하면 어떡하지? 아빠한테 죽지 않을 만큼 맞겠지? 아, 그냥 경찰이 안 왔으면 좋겠다. 내가 어떻게 경찰을 불렀지? 하지 말걸. 그냥 몇 대 맞고 몇 시간 설교 들으면 끝날 일인데. 하지 말걸. 그렇다고 여기서 이대로 버틴다면 진형이가 큰사고를 칠 것만 같은데. 그런데 경찰이 오면 나는 이미 아빠의 뒤통수를 친 애로 낙인찍혀 제대로 살지도 죽지도 못할 것 같은 삶을 이어갈 게 뻔한데.' 오만가지 생각이 오고 갔다. 그런 생각을 하고 있는데 초인종이 울렸다.

'진짜 경찰이 와버렸구나.'

그 순간 모든 것을 내려놓은 채 될 대로 되라고 생각했다.

'애초에 내가 선택할 수 있는 좋은 선택지가 있었나? 행복할 기회가 담긴 선택지라는 게 애초에 우리에게 있었어?'

경찰이 와서 우선 아빠와 우리의 공간을 빠르게 분리시켰다. 경찰이 간단히 신고 내용에 대한 사실 확인을 했다. 1366(가정폭력, 성폭력, 성매매 긴급 전화상담 및 보호 전화번호)을 통해 숨을 수 있는 쉼터로 연결됐다. 우리를 이곳으로 데려다 준 경찰관 분이 이틀에서 사흘 동안 아무데도 나가지 못하고 누구와도 연락할 수 없는 곳으로 갈 테니 필요한 최소 물품만 챙기라고 했다. 나는 지갑과 여권, 일기장과 책부터 챙겼다. 엄마와 여름이는 옷가지, 세면용품을 챙겼다. 목도리를 두르고 패딩을 껴입고 밖을 나섰다. 그 와중에도 아빠가 자신이 사준 롱패딩을 입고 나간 걸 알면 기분 나빠할까 봐 걱정되어 보온력이 덜한 패딩을 걸쳤다.

한 시간쯤 뒤 엄마와 나, 여름이는 경찰차 뒷좌석에 앉아 쉼터로 향했다. 이런 식으로 경찰차를 처음으로 타게 될 거라곤

상상해본 적 없었다. 하긴 이런 일을 예상하며 사는 사람이 어디 있겠냐마는. 우리를 통솔하는 경찰관이 위치추적 위험이 있어 통신기기는 사용할 수 없으니 지금부터 핸드폰을 꺼달라고 했다. 엄마는 남동생에게 연락이 되지 않을 거라는 짧은 문자를 남겼다. 나는 내일 만나기로 약속한 친구에게 내일 할아버지 장례식 때문에 약속을 취소해야 할 것 같다는 문자를 보냈다. 할아버지는 내가 태어나기도 전에 돌아가셨지만 지금은 이런 거짓말도 용서해주시지 않을까 생각하면서 문자를 써서 보내고 핸드폰 전원을 껐다.

쉼터에 들어간 날, 생존을 생각하다

경찰차를 타고 가던 우리가 내린 곳은 '임시보호소'라는 곳이었다. 그곳 내부의 한 공간으로 안내되었는데 다섯 평 남짓한 공간인 듯했다. 임시보호소라고 해서 낙후된 시설을 상상했는데 그 반대였다. 깨끗하고 안락하고 무엇보다 집보다 따뜻했다. 보호소에서 일하는 직원들은 하나같이 친절했다. 직원들은 엄마부터 한 사람씩 불러서 입소서를 작성하게 하고 무슨 일이 있었는지를 간단히 물었다. 그때 시간이 새벽 1시쯤이었다. 나는 이런 곳이 존재한다는 사실을 그때 처음 알았다. 여기서 일하시는 분들은 새벽이건 아침이건 자다가도 입소한 사람들 이야기를 들어야 한다는 사실도 처음 알았다.

마치 우리 집처럼, 존재하지만 존재하지 않는 것처럼 잘 보이지 않는 곳. 눈에 보이는 세계에 있다고 해서 모든 것을 볼 수는 없다는 사실을 새삼 다시 깨달았다. 세상에 내가 알지 못하는 불행들이 얼마나 많이 어둠 속에 숨어서 우글대고 있는 걸까 하는 생각이 들었다. 나에게는 뼈저린 이 불행이 이곳에서는 매일 변주곡처럼 흘러 들어오고 나가는 무수한 레퍼토리 중 하나라는 사실을 잊지 않도록 나 자신에게 인식시켰다. '수많은 불행 중 하나일 뿐이야. 위로도 바라지 말고, 친절함도 기대하지 마. 비정상 속에서도 침착하게 정상을 지켜야 해. 아무도 너를 지켜주지 않아.' 속으로 그런 다짐을 했다. 마음까지 약해지면 무너질 것 같았다. 나는 무너지고 싶지 않았다.

첫날 보호소가 제공한 잠자리에 누워 여러 사람을 생각했다. 잠이 쉽게 오지 않았다. 내가 좋아하는 가수의 노래를 듣고 싶다는 생각이 들었다. 이곳에 오기 직전에 가방에 넣어온 일기장과 바닷마을 다이어리, 좋아하는 가수의 사진집을 꺼냈다. 바닷마을 다이어리와 일기장, 좋아하는 가수는 동생이 집을 나가고 마음이 무너질 때마다 붙잡은 것들이다. 절망스러운 기분을 돌고 돌며 그 무엇을 보고 그 누구를 만나도 집중할 수 없을 때

바닷마을 다이어리 속 네 자매를 떠올리고, 일기를 쓰고, 좋아하는 가수의 영상을 보며 잠시나마 웃을 수 있었다. 상황이 아무리 나빠도 그 물건들이 나쁜 기운을 튕겨내 줄 것 같았다. 좋아하는 가수가 '나는 불면증 때문에 잠에 들지 못하지만 너의 잠은 빌려주고 싶다.'는 마음으로 행복하게 썼다는 노래 가사를 떠올리려고 노력했다. 그날 밤 내가 가지지 못한 애틋하고 아름다운 마음이 담긴 무엇으로 공허한 마음을 채우고 싶었다.

나중에 친구와, 임시보호소에 갔던 이야기를 나누었다.

"쉼터에 들어간 첫날 기억나?"

"응. 잊을 수가 없어. 잘 지내다가도 나도 모르게 그날로 돌아가. 그날 벌어진 일련의 사건들이 머릿속에 펼쳐져."

"어땠어?"

"셋이 앉아서 헛웃음을 지었어. 엄마와 여름이는 금방 잠들었는데 나는 잠이 오지 않았어. 굳이 오지 않는 잠을 청하려고 하지 않고 앉아서 멍하니 사람들을 생각하고 있었는데 노래가 너무 듣고 싶은거야. 듣고 싶을 때 듣는 것이 당연하지 않다는 걸 거기서 알았어. 듣고 싶을 때 들을 수 없으니까 더 듣고 싶더라고. 들을 수 없으니까 기억나는 대로 노래를 불러가면서 가사를 끄적였어. 수없이 들었다고 생각했는데, 어떤 가사로 시작했는지, 어떤 가사로 이어지는지를 명확하게 기억해낼 수가 없는 거야. 너무 답답했어. 가사를 떠올리는 것도 포기하고 멍하니 앉아 있는데, 아무것도 느껴지지 않더라고. 눈물도 나오지 않고 화도 나지 않았어. 우울하거나 마음이 아프지도 않았어. 그냥 앉아서 세상이 참 이상하다…. 그런 생각을 했어. '세상이 참 이상하다.' 밖에서는 죄지은 사람은 벌을 받는다고, 권선징악이라고, 착하게 도덕적으로 살라고 그랬는데, 난 그 말을 믿었는데…. 아무리 생각해도 가해자인 아빠는 지금 편하게 누워서 TV를 보거나 잠을 자든 하고 있을 것 같은 거야. 아무리 봐도 벌은 우리가 받고 있는 것 같은 거야. 그게 참 이상하다는 생각을 했어. 숨어 있어야 하는 사람이 우리라는 사실이. 울고 싶었는데 눈물도 나오지 않았어. 마음 편하게 울 수도 없는 게, 살기 위해서는 내일을, 모레를, 다음 주를, 다음 달을 걱정해야 하잖아. 지금의 고통 때문에 자기연민에 취해서만 살 순 없었어. 주먹을 꼭 쥐어야 했어. 그만 좀 쉬고 싶다는 생각이 침투하기 시작하면 나만이 아니라 전체가 침몰해버릴 것 같았어. 정신 똑바로 차리자. 눈 똑바로 뜨고 이 모든 상황을 꼼꼼히 바라보자. 그런 생각을 했어. 돈도, 힘도 다 아빠 상대가 되지 못하잖아. 난 정말 가진 게 아무것도 없었어. 그나마 나를 견딜 수 있게 하는 건 나를 다잡는 것뿐이었어. 나한테 무슨 일이 벌어진 것인지 그걸 좀 알고 싶었어."

그날 밤 우리 셋 이외에도 두 가족 정도가 같은 임시보호소에 들어와 있었다. 늦은 시간 옆방 엄마가 아이가 아파서 응급실을 가야 할 것 같다면서 약간의 소란이 있었다. 아이 엄마가 말하기를 아이가 맞은 곳이 아파서 숨쉬기를 어려워하는 것 같다고 했다. 나도 모르게 욕이 나왔다. 씨발.
'다들 왜 이렇게 상처 주지 못해서 안달일까?'
그 아이에게 작은 온기를 건네고 싶다는 마음이 일었지만 나 또한 누구를 도와줄 만큼 한가한 처지에 놓인 사람이 아니라는 사실이 떠올랐다.
방에 비치된 세 개의 슬리퍼 중 두 개는 사이즈가 200밀리미터도 되지 않는 아동용 슬리퍼였다. 그걸 보고 아마 성년이 된 자녀보다 어린 자녀들을 데리고 들어오는 사람들이 많은가 보다 짐작할 수 있었다. 그 작은 슬리퍼를 보고 우리는 그동안 너무 오래 참아온 것일까? 이곳에 너무 늦게 온 걸까? 하는 생각이 드는 한편, 이토록 작은 신발을 신는 어린아이들에게 대체 무슨 잘못이 있다고 그런 폭력들이 저질러지는지 그리고 이런 곳까지 오게 하는지 원망 섞인 마음도 함께 떠올랐다.

엄마는 잠을 못 자서 한이 맺힌 사람이라도 되는 것처럼 계속 잠을 잤고 여름이는 TV를 봤다. 나는 즐거운 기분을 느끼고 싶지가 않아서 여름이에게 TV를 끄라고 했다. 바닷마을 다이어리를 폈지만 눈에 들어오지 않았다. 그저 나에게 어떤 일이 벌어진 건지, 이제는 어떻게 해야 하는 건지 알고 싶었다.

'가정폭력 피해자 권리 고지 확인서'를 받았다. 거기엔 긴급임시조치며, 임시조치, 피해자보호명령, 가정보호 사건 등 여러 가지 생소한 단어들이 적혀 있었다. 누군가 나를 호출했다.

"가을 씨, 잠깐 나와 보시겠어요?"

상담실에 들어가 담당선생님 앞에 앉았다. 그리고 그곳에 계신 선생님들로부터 여러 가지 이야기를 들을 수 있었다. 이곳은 3일 정도 머무를 수 있는 임시보호소이고, 원한다면 6개월 이상 지낼 수 있는 중장기보호소로 갈 수 있다고 했다.

"앞으로 어떻게 할지 결정하셨어요?"

"아니요."

"어머님께서 처벌을 원하지 않고 있어요. 그런데 이 상태로 집으로 돌아가면 다시 아버님이 폭력을 행사하지 않으리라는 보장이 없단 말이에요. 대체로 그런 분들은 자신이 뭘 잘못한 줄 모르세요. 다 잘못했다고 해도 그분들만 모르세요. 가족들이 잘못을 지적하는 것에는 한계가 있단 말이에요. 그래서 법이 있는 거예요. 아버님을 당장 처벌하겠다는 게 아니라 다시는 폭력을 행사하지 못하게 주의를 줄 필요가 있어요. 사회적으로 주의를 주면 가족 분들이 말하는 것보다 효과가 있거든요. 그건 동의하세요?"

"네." 하고 대답했다. 담당선생님은 계속 말씀하셨다.

"지금 형사 처벌하는 방법과 가정보호 사건으로 처리하는 방법이 있는데 형사처벌을 하면 징역이나 벌금이 부과되고 기록이 남아서 아버님 직장에도 알려지게 돼요. 그런데 가정보호 사건으로 처리하면 아버님 기록에도 남지 않으면서 세 분은 보호받을 수 있어요…. 그래서 어머니께서도 가정보호 사건으로 처리하고 싶다고 하셨거든요. 가을 씨도 가정보호 사건으로 진행하길 바라시나요?"

"네."

담당선생님은 종이에 적어가며 열심히 우리가 해야 할 일에 대해 알려주셨다.

임시보호소에서 이틀 밤을 보내는 동안 경찰서와 법원을 오갔다. 그 사이 엄마 눈은 까맣게 멍이 올라왔다. 경찰관들이 그런 엄마 눈을 보고는 놀랐는데, 나는 엄마의 눈을 보고 놀라는 경찰관들에게 놀랐다. '이거 별로 맞은 거 아닌데. 이게 놀랄 일인가? 경찰서에서는 그동안 폭력사건들 많이 접하지 않았나?' 하고 생각했다. 경찰들은 엄마의 멍든 눈을 증거로 삼기 위해 핸드폰 카메라로 사진을 찍어갔다. 가장 직급이 높아 보이는 어떤 분이 남편이 부인을 이렇게 때리면 안 되지 않냐며 당장 형사처벌을 위한 신고를 하라고 했다. 우리 셋 앞에 곧바로 고소장 양식이 놓였다. 우리 셋은 못 쓰겠다고 했다. 고소할 생각은 없다고 했다. 경찰들은 그런 우리를 보고 아마도 어리석다고 생각했을 것 같다. 고소하지 않겠다는 말에 경찰관 한 분이 이렇게 물었다.

"보복이 두려우셔서 신고 안 하시려는 거예요?"

"네, 그렇죠…." 엄마가 대답했다.

"어머니, 그런데 신고하지 않으시면 저희도 헤드릴 수 있는 게 없어요. 저희가 보호해 드리고 싶어도 접수하지 않으시면 어떤 조치도 취할 수가 없어요. 어머님이 선택하셔야 돼요."

담당자분들과 이런저런 이야기 끝에 임시조치와 피해자보호명령을 신청하고 가정보호 사건으로 처리하기로 최종 결정했다. 임시보호소에서는 우리가 지낼 장기보호소를 알아봐 주었다.

사실 신고해도 우리가 안전하게 지낼 수 없을 것 같아 불안했다. 처벌을 하게 되면 아빠가 어떤 보복을 해올지. 막아줄 사람이 한 명도 없는 때가 오면 그때는 누가 우릴 지켜줄지 걱정됐다. 그럴 일은 없을 거라고 누가 확실하게 말해주길 바랐다. 나는 보복하고 싶은 것도 또 다른 공포 속에서 살고 싶은 것도 아니고 그냥 안전하게만 살고 싶은 건데… 임시보호소에 들어오고 사흘째 되던 1월 29일 엄마가 법원에 다녀왔다. 피해자보호명령 신청을 하고 왔다고 했다. 그날 일기장에는 이렇게 적었다.

궁금했다. 우리 아빠니까, 우리 아빠 욕을 하면 내 얼굴에 침 뱉기인가? 아빠를 신고해서는 안 됐던 걸까? 가족이니까 감싸주고 사랑하고 그렇게만 하는 게 맞는 건가? 사랑해서 때린 거라고 하면, 나 잘되라고 힘써서 때려주는 거니까, 그 본심만 진심이면 괜찮은 건가? 진심은 때려야 할 권리와 맞아야 할 의무를 정당화시켜 주나? 부모와 자식이라는 타이틀을 떼고서 한 명의 인간이 다른 어떤 인간에게 폭력을 행사하는 것은 정당화될 수 있나? 아빠가 화를 내고 폭력을 쓸 때마다 몸이 덜덜 떨리고, 숨이 가빠오고 등골이 서늘해지는데 그게 정말… 사랑인가? 그건 사랑이 아니야. 인간이 인간을 때릴 권리, 인간이 인간에게 맞을 의무 같은 건 없어. 지겹다.

그리고 내가 읽었던 정세랑의 소설 『보건교사 안은영』의 한 대목이 내가 마음을 단호하게 먹을 용기를 주었다.

내가 너를 싫어하는 것은 네가 계속 나쁜 선택을 하기 때문이지 네가 속한 그 어떤 집단 때문도 아니야. 이 경멸은 아주 개별적인 경멸이야. 바깥으로 번지지 않고 콕 집어 너를 타깃으로 하는 그런 넌더리야. 수백만 해외 동포는 다정하게 생각하지만 너는 딱 싫어. 그 어떤 오해도 다른 맥락도 끼어들 필요 없이 누군가를 해치는 너의 행동 때문에 네가 싫어.

나는 사실 그때까지도 아빠가 미우면서도 한 명의 인간으로서 받아왔던 상처, 그렇게 될 수밖에 없었던 어떤 맥락들을 이해하려고 했다. 앞서 말한 스톡홀름 증후군처럼 말이다. 내 안에도 피해자와 가해자의 두 가지 모습이 있었고, 악이 있었고, 분노가 있었지만 사라지게 하려고 노력했고 바뀌었으니까. 그렇게 하면 멈출 수 있을 거라고 생각했다. 그래서 참을 수 있을 때까지는 참아보려고 했다.

하지만 아빠는 우리 힘으로, 우리가 지적하는 것만으로 멈
취지지 않았다. 허망하게도 아빠는 우리 말보다 경찰 말을, 공권
력의 말을 더 잘 들었다. 슬펐다. 잘못된 것을 잘못되었다고 말
하는 게 약한 사람에게는 왜 그렇게 힘든 걸까. 나는 보복하고
싶은 게 아니었다. 나는 맞고 싶지 않았고, 맞아서 생기는 슬픔
이나 분노, 원망 같은 감정을 쌓아두고 싶지 않았다. 맞는 사람
이 때리는 사람이 되는 상황을 만들고 싶지 않았고, 그저 끝내
고 싶었을 뿐이다.

'임시 공간'에서의 생활

우리는 결국 가정보호 사건으로 처리하기로 결정했다. 임시조치, 피해자보호명령에 따라 가해자에게 주거하는 곳에서 퇴거를 요청하거나 100미터 이내 접근 금지, 전기통신을 이용한 접근금지도 요청할 수 있었지만 퇴거는 바라지도 않았다. 그저 아빠가 절대 찾을 수 없는 곳으로 가고 싶었다. 나는 그 집으로 다시 돌아갈 일은 만들지 않겠다고 다짐했고 나와 엄마, 여름이, 진형이가 가진 돈을 합치면 당분간은 생활할 수 있다는 생각에 해외나 지방으로 도망가서 임시로라도 주거 공간을 구하자고 말했다. 엄마는 계속 망설였다.

"그러면 집으로 돌아가자는 거야? 여기까지 와서?" 나는 엄마에게 물었다.

"아니, 그건 아니지. 아닌데."

"그럼 어떻게 하자고. 영영 이렇게 살자고?"

엄마는 "나도 모르겠어." 하면서 울상을 지었다. 쉼터 선생님은 지금 아기와 함께 임시보호소에 들어올 여성분이 있기 때문에 빠르게 결정 내리기를 바랐다. 집으로 다시 돌아갈 수도 없었고 임시보호소 밖에서 새로운 생활을 당장 시작할 수도 없었던 우리는 우선 6개월 이상 머무를 수 있는 장기 쉼터로 몸을 숨긴 뒤 나중 일은 차차 고민하기로 했다.

임시보호소를 떠나 장기간 머물 수 있는 보호소로 들어간 우리는 본의 아니게 세상과 단절된 생활을 하게 되었다. 단 5분을 외출하더라도 담당선생님에게 허락을 받아야 했다. 그렇게 한 달을 질서가 단단히 자리 잡힌 쉼터 안에서 살았다. 사람이 사는 데 필요한 최소한의 의식주와 안전을 보장받는 것에 감사하며 지냈다.

그곳에서 밖으로 처음 외출했던 날 느꼈던 공포심이 생생하게 떠오른다. 모자를 눌러 쓰고 땅만 보면서 걷는데 성인 남성의 발이 보이는 매순간이 무서웠다. 공포심 때문에 심장이 뛰면서 숨이 가쁘게 쉬어졌다. 쉼터 바깥에 있는 1분 1초가 너무 공포스러워서 첫 외출 이후 며칠은 나가고 싶다는 마음이 쏙 들어갔다.

친구들이 소중한 존재이긴 했지만, 그곳에서는 엄마와 동생만 있어도 살 수 있을 거 같았다. 엄마가 외출하고서 돌아오기로 예정된 시간보다 조금이라도 늦어지면 불안해서 미쳐버릴 것 같았다. 남동생과는 나중에서야 연락이 닿았다. 메시지 하나만 남기고 셋 휴대전화가 모두 꺼진 채 며칠 동안 연락이 되지 않자, 동생은 우리가 집을 나간 것으로 생각하고 청소년시설에 들어갔다고 했다.

나중에 휴대전화를 잠시 돌려받았을 때 전원을 켜보니 수많은 연락이 와 있었다. J선생님에게만 전화를 드렸다. 아버지 일일 거라고 생각했다며 다른 친구들에게는 자신이 전해줄 테니 건강하게 지내라고 말씀해주셨다. 매일 연락하고 있던 같은 동아리 친구 K는 우리 집까지 찾아가서 실종신고를 했다고 한다. 그 이야기는 쉼터 담당자분께 들을 수 있었다. 직접 연락을 하고 싶었지만 그럴 수가 없었다. 만나기로 했던 L에게서는 메일이 와 있었다.

가을아, 잘 지내고 있어? 건너 건너 들었는데, 안전하다고 해서 정말 다행이다….

어떤 일인진 모르겠지만 마음 잘 추스르고 괜찮아지면 꼭 연락 줘. 혹시 집에 들어갈 상황이 안되면 우리 집에서 잠깐 지내도 좋아! 엄마 아빠도 괜찮다고 하셨어. 만약 지낼 곳이 필요하면 연락 줘. 메일을 볼지는 모르겠지만, 톡이나 문자, 디엠, 페메는 아예 안 보고 있는 거 같아서 메일이라도 보내본다.

그런 것들을 보고 있으니 눈물이 났다가, 멍해졌다가, 쓴웃음이 나왔다가 했다.

나중에 나는 연락이 되지 않는 동안 내게 어떤 일이 있었는지 설명하지 않으면 안 될 것 같은 친구들에게 상황을 설명했다. 친구들 대부분이 아빠 일일 줄 알았다고 했다. 나는 그곳에서 단절되어 있는 동안 오히려 내 친구들이 참 좋은 친구들이었다는 사실을 깨달았다. 사람에 대한 불신을 쌓아두고 있던 나 자신이 민망하리만큼 고맙고 미안했다. 어떤 친구는 내게 이런 편지도 전했다.

나의 행복을 위해서라면 너도 행복해야 해. 그니까 나를 위해서 꼭 행복해! 나한테 기대고, 내 도움 받는 거 미안해하거나 어려워하지 말라는 소리야! 그니까 더 많이 웃고 더 행복해지자.

이상하게 쉼터에 들어가고 나서 죽고 싶다는 말을 함부로 내뱉지 않게 되었다. 살고 싶어졌다. 마음대로 외출할 수도 없고, 통신기기를 사용할 수도, 밤에 먹고 싶은 것을 사먹을 수도 없는, 자유가 제한된 공간에서 지냈음에도 불구하고 사람들을 자유롭게 만나고, 핸드폰을 사용하고, 먹고 싶은 것을 사먹으며 집에 있었을 때 자주 들곤 했던 죽고 싶은 마음들이 사라졌다. 쉼터에서는 우리를 때리는 사람이 없었고 말 같지도 않은 말을 하며 억압하거나 강요하는 사람이 없었다. 그런 장소에서 처음 살아봤다. 처음 그 안에 들어갔을 때는 '바닥이다. 더 떨어질 데가 없다.' 생각했는데 비정상적인 상황에서 아무렇지 않게 살았을 때가 바닥이었다고 생각했다. 그때만큼 살고 싶었던 적이 없었다. 당시 일기장에 '살고 싶다.'를 열 번 넘게 쓴 것 같다. 더 나빠질 데가 있을까 싶을 정도의 깊은 체념과 극에 달한 무기력함에 함몰되면 사람 안에 무언가가 생겨나는 것 같기도 했다.

가정폭력 피해자들이 한데 모여 있으니 서로의 아픔에 울어주고 쓰다듬어 주면 좋겠지만 상처받은 사람들끼리 모였기 때문에 더 방어적으로 행동하기도 했다. 나는 원래도 사람들이 많은 곳에 가면 기가 빨리는 스타일인데, 유쾌하지 않은 일을 겪은 데다 새로운 환경에서 새로운 사람들과 한 지붕 밑에서 지내려니 피로했다. 거의 방 안에만 있었다. 마음이 간 것은 어른들보다는 아이들이었다. 세 살, 일곱 살, 아홉 살 되는 아이들이었다. 아이 엄마들은 서로 싸우고 흘겨봐도 아이들은 어른들 싸움이 무색하리만치 잘 놀았다. 그중에서도 나를 잘 따르고 좋아해주던 아이가 있었다. 마음이 힘들 때 그 아이한테 "나 좀 안아줄래?" 하면 그 아이가 안아주었다. 그러면 기분이 몽글몽글해졌다. 속히 빤히 보이는 거짓말도 어른들이 하면 불쾌한데 아이들이 하면 귀엽게 보여서 웃음이 나오곤 했다.

어른들을 대할 때는 경계하며 닫고 지냈는데 시간이 지나고 개인들의 사연을 하나씩 알게 되니 마음도 변했다. 세상에 있을 수 있나 싶었던 말도 안 되는 사람들, 뉴스 속에서나 봤던 상황들을 내 귀로 직접 듣다 보면 마음이 복잡해졌다. '한명 한명이 다 어렵구나.' 그런 생각을 그곳에서 많이 했다. 한 명의 이야기도 너무나 복잡하고 어려워서 평생을 봐도 알지 못할 듯했다.

집을 나와서 임시보호소와 쉼터에 있는 동안 당연히 아빠에게 연락이 왔다. 엄마는 미안하다는 말을 길게 쓴 문자도 여러 통 받았다. 마음이 흔들렸지만, 미안하다는 말을 처음 들은 것도 아니고, 미안하다는 말 뒤에 폭력이 다시 반복됐던 기억을 잊은 것도 아니어서 흔들리는 내가 싫었다. 나중에 들어보니 아빠는 우리가 나가서 3, 4일이면 돌아올 줄 알았는데 시간이 지나고, 법원에서 우편물이 날아오고, 정말 돌아오지 않을 수도 있겠다는 실감이 들었을 때 죽고 싶은 생각이 들었다고 했다. 그때 지인이 소개해준 정신과의원에 갔더니 여태까지 버틴 게 신기할 정도로 분노와 우울이 쌓여 있다는 진단을 받았고, 병원에서 처방해준 약을 꾸준히 복용해서 겨우 회복됐다고 했다. 쌓인 것이 너무 많아서 앞으로 2, 3년은 먹어야 한다는 말도 덧붙였다.

아빠와 처음 통화가 된 것은 집을 나오고 4개월인가 지났을 무렵, 쉼터 담당선생님의 허락이 떨어졌을 때였다. 아빠에게서 처음 들은 말은 '내가 너를 제일 아끼고 믿었는데 네가 내 뒤통수를 이렇게 칠 줄은 몰랐다.'였다. 사람은 정말 쉽게 안 변하는구나 싶었다. 개개인마다 정의가 이렇게나 다를 수 있다는 사실을 마주할 때마다 놀라고 또 놀란다. 보고 또 봐도, 겪고 또 겪어도 매번 새롭다. 나에게 배신자라고 말하는 아빠에게 나는 이렇게 말했다.

"아빠도 사는 게 힘든 사람이라는 거 알고, 열심히 일한 것도 아는데, 그거에 대해 비난할 생각은 하나도 없는데 저는 그냥 맞기가 싫었어요. 그것밖에 없었어요, 저는. 제가 아빠를 신고해서 통쾌했을 거라고 아빠가 생각했을 수 있는데 하나도 그렇지 않았어요. 저도 너무 힘들었어요."

그러자 아빠가 반박하듯 물었다.

"뭐가 힘들어. 네가 지금 어떤 게 힘들어?"

"그냥 이런 데서 사는 거 자체가. 이런 일을 겪은 것 자체요."

"네가 알고 들어간 거 아니야? 심리치료 받으면서, 책 읽으면서 여기저기서 들었을 거 아니야. 나는 네가 다 알고 간 줄 알았어."

"그런 적 없어요. 저는 그날도 아빠가 폭력을 쓰지 않을 줄 알았고 그럴 거라고 믿고 싶었어요. 상담 선생님이 힘들면 신고하라고 말하긴 했지만 그래도 저는 실제로 그럴 일이 벌어지지는 않을 거라고 생각했어요. 그런데 아빠가 엄마를 때리고, 엄마가 막 소리를 지르니까. 저는 그 상황이 닥쳤을 때 무서웠고 그냥 무의식적으로 그렇게 하게 된 거예요."

"나는 네가 날 배신해서 거기서 잘 살고 있는 줄 알고 있었어. 내가 없으니까 편할 거라고 생각했어. 거기서 끼리끼리 모여 있으니까."

"그런 일을 겪고서 어떻게 편할 수가 있어요."

아빠가 원망스러웠지만 울음이 터지지 않은 게 그나마 다행이었다.

"나도 그렇게 살았어. 4개월을. 나도 괴롭게 살았어."

"네."

"네 덕에 내가 심한 우울증이라는 것도 알았다."

"……."

"나는 그래도 너희 연락 기다리면서 하루하루를 보냈다. 한 번 연락은 해보지 그랬냐. 무서워도 한번 시도해보지. 약자라서 그랬냐? 내가 뭐라고 할 줄 알고."

"그냥 아빠가 저희를 미워할 거라고 생각했어요."

나의 그 말에 아빠는 솔직하게 반응했다.

"맞아. 미워서 당장 쫓아가서 두들겨 패버리고 싶은 날도 있었던 건 사실이야. 그런데 어떤 날은 또 그냥 보고 싶었어. 찾으려면 찾을 수 있었는데 그래도 나 없는 동안 편하게 살라고 혼자 치료받고 있었다."

"네, 찾지 않아준 건 감사하게 생각해요."

"내가 잘한 건 없는데, 이제 때리지는 않는데 싸울 수는 있어 솔직히 이야기해서. 그래도 나를 그냥 피하기만 하면 뭐가 해결이 되냐? 대체 무슨 생각이었냐?"

"그냥 저는, 그만 혼나고 싶다는 생각만 했어요. 저도 사람들이랑 사회생활 해야 되고, 사회에 나가려면 나에 대한 확신도 있어야 되고 바깥에서 일할 때 집중해야 되는데, 자꾸 가정일 때문에 걱정하는 것도 그만하고 싶었고. 저도 정말 좋은 선택을, 아빠도 웃고 저도 웃고 진형이도 웃을 수 있는 선택을 하고 싶었는데, 그게 도무지 보이지 않아서 그랬어요. 어쩔 수 없었어요. 아빠는 때리고 싶으면 때리고 화내고 싶으면 화낼 수 있지만 우리는 화내고 싶다고 때리고 싶다고 그렇게 하지 못하잖아요. 내가 가정에서 하고 싶은 말 못 하고 맞고 지내면 그걸 받아들이면 학교에 가서도 직장에 가서도 사회 어디에서도 얻어맞고 바보 취급당하는 것에 저항할 힘을 찾지 못할 것 같아서 그랬어요."

아빠랑 그날 그렇게 4개월 만에 통화를 하면서도 나는 심기를 거스르는 말을 해서 화를 당하지 않으려고 노력했다. 한번도 아빠 앞에서 당신이 잘못했다는 뉘앙스가 풍기는 단어를 써본 적 없었는데 그때는 거리가 떨어져 있었고 내가 신고했다는 사실을 안 이상 더 잃을 것도 없다는 생각에 솔직한 내 생각도 처음으로 입 밖으로 꺼내보았다.

회복기, 여러 가지 일들

『피프티 피플』이라는 정세랑 작가의 책에는 가습기 살균제 피해자 유족들의 이야기가 나온다.

어떤 사건에 피해자가 있고 유족이 있다면, 유족의 수가 훨씬 많을 것 같지만 꼭 그렇지는 않다. 어떤 가족은 싸우고 싶지 않아 하고, 어떤 가족은 싸우고 싶어도 싸울 상황이 아니고, 어떤 가족은 싸우다 지쳐 나가떨어지고, 끝에는 남는 사람들만 남는다.(중략)

"너 그거 알아? 세상에 존재하는 거의 모든 안전법들은 유가족들이 만든 거야." "정말?" "몇백 년 전부터 그랬더라. 먼 나라들에서도 언제나 그랬더라."

쉼터에 있는 동안 매일 인터넷 검색창에 '가정폭력'을 입력하면서, 가정폭력(아버지폭력)에 관한 뉴스나, 가정폭력과 관련된 어떤 법안이 만들어지고 있는지, 제도가 우리의 안전을 얼마나 보장해주는지, 이곳에서 나가면 어떻게 살 수 있는지 등등을 찾아보았다. 언젠가는 밖으로 나가야 했기 때문에 안심하고 있을 수만은 없었다. 관련 정보들을 찾다 보면 생명을 잃은 사람들에 대한 이야기도 읽게 됐다. 내가 쉼터에 들어오기 불과 3개월 전에 강서구에 있는 아파트에서 살인사건이 있었다. 25년 간 아버지폭력의 피해를 입었고 그것이 원인이 되어 이혼을 했음에도 불구하고, 끊임없이 가장으로부터 살해협박과 스토킹에 시달려온 모녀 이야기였다. 결국 두 딸의 어머니는 세상에서 사라졌다. 그런 사건이 있은 후에야 사회적 이슈가 되었고 아버지폭력에 대한 논의가 정부 차원에서 이루어진 듯했다.

'하인리히의 법칙'이라는 게 있다. 1:29:300법칙이라고도 불리는데, 대형 사고는 어느 순간 우연히 갑작스레 발생하는 것이 아니라 그 전에 3백 번의 사소한 사고, 29번의 작은 재해 후에 나오더라는 법칙이다. 그러니까 끊임없이 징후가 있고 예고가 있은 후에 큰 사고가 발생한다. 내가 도움을 받은 '가정폭력 방지 및 피해자보호 등에 관한 법률'이라는 법안도 가정폭력 피해자들의 희생을 통해 조금씩 정교하게 보완되었을 것이다. '가정보호 사건으로의 처리'로의 적용도 처음에는 없었을 테다. 배우자의 형사처벌을 원치 않은 사람들, 보복을 두려워한 사람들이 많아서 만들어진 조항이었을 것이다. 처음부터 통신기기를 수거하지도, 카드 사용을 제한하지도 않았을 것이다. 통신기기, 카드 사용 내역을 추적해서 찾아온 사람이 있었으니까, 그런 일로 피해자가 생겼을 테니까 그런 매뉴얼들이 생겼을 것이다. 상처가 나기 전에 몸의 소중함을 모르듯이, 사회에도 상처 입은 사람들이 나타나기 전까지, 무언가를 잃기 전까지는 어떤 대책도 법도 당연히 나오지 않는구나, 하는 생각이 들었다.

쉼터에서도 여러 이야기를 들었다. 예전에는 신고를 해도 쉼터까지 인계해주지 않고 가정 안에서 해결하라며 가버리는 사례도 많았다고 한다. 쉼터에 오는 사람들은 차라리 폭력에서 벗어나고자 하는 의지가 강한 사람들이라고, 그럴 의지조차 잃은 사람들은 신고할 생각도 못한다는 이야기도 들었고, 이곳에 왔다가 다시 가정으로 돌아가는 사람들의 대다수가 가정폭력 상황을 또 다시 마주한다는 이야기도 들었다. 상식이란 뭘까? 다치고 나서야 아프고 나서야만 변해야 할 필요성이 대두되는 거라면, 큰 일이 일어나기 전에 작은 일들도 유심히 살피고 예방하면 안 되는 걸까?

　범죄 심리학자 이수정 교수님은 가정폭력 방지법이 피해자를 보호하는 방향으로 개정이 필요하다는 목소리를 자주 내신다. 외국의 경우 야밤에 비명만 들려와도 신고 후 즉시 체포해 때리는 사람을 퇴거시키기 때문에 피해자가 쉼터로 갈 일이 없다고 한다. 하지만 우리나라는 피해자 보호보다 '가정보호'를 우선하기 때문에, 법적으로 '가정폭력범죄를 범한 사람에 대한 환경의 조정과 성행의 교정을 위한 보호처분을 함으로써 가정폭력범죄로 파괴된 가정의 평화와 안정을 회복하고 건강한 가정을 가꾸며 피해자와 가족 구성원의 인권을 보호함'을 목적으로 한다고 규정되어 있다. 그 때문에 가해자가 피해자를 협박하거나 위협해서 처벌을 원하지 않게끔 하면 반의사 불벌죄가 적용되어 처벌하지 않게 되고 그 이후 어떤 위협을 받아도 책임지는 건 피해자 몫이다. 처벌까지 가기 위해 몇 번이나 경찰 조사에 임하고 법정에 가서 가해자 얼굴을 마주 보고 과거 기억을 떠올리며 가해자 잘못을 진술해야 하고 증거를 찾아 제출해야 한다.

그 과정에서 흔들리지 않고 처벌하려면 독한 여자가 되어야 한다고들 말한다. '독해야 살아남는다.'는 말은 쉼터를 나오고 나서도 줄곧 맴도는 말이다.

나도 살아남기 위해 어느 것도 쉽게 믿지 않는 상태를 유지했다. 주변 모든 인물들이 언제 어떻게 말을 바꿀지 경계하고, 상식이 지켜질 거라고도 믿지 않고 어떤 좋은 말에도 쉽게 기대지 않으려고 했다. 나는 신고한다고 문제가 해결되지 않을 거라는 사실을 아는 상태에서 신고했다. 공권력을 가진 기관은 바쁘기 때문에 나를 오래 지켜줄 수 없다는 것도 알았고, 상담 선생님을 통해 가정폭력은 신고해도 형벌이 1년도 나오지 않을 거라는 사실도 알고 있었다. 함께 살았던 사람을 신고하고서 마음 편하게 살 수 있을 거라고도 생각하지 않았다. 같이 살았던 사람이 몇 년에 걸쳐 나를 괴롭혔는지 사건 하나하나를 자세하게 말하고, 쓰고, 다시 말하라고 하면 다시 되풀이하는 과정에서 내면 어딘가가 부서지더라도 그건 내가 책임지고 살아야 한다는 것도 알았다. 내가 건강한 어른이 될 만한 자질을 기를 수 있는 환경을 살았는지 아니었는지에 상관없이 일정 나이가 되면 성인으로서 행동하고 책임져야 한다는 것도 알았다.

그때는 돌아버릴 것 같아도 티 내지 않고 없는 인내심과 의지를 다 끌어모아 침착하게 상황을 정확하게 판단하고 논리를 갖춰 내 사정을 설명해야 했다. 혼자 있는 밤이 돼서야 마음 놓고 어두운 생각을 했다. 강한 정신력과 의지로 극복해낼 수 있다고 말하는 사람들의 말이 폭력적으로 느껴졌다. 내면의 힘도 중요하지만 외부에서 압력이 오면 몸이 반응하게 되어 있고, 몸에서 일어난 변화는 정신에도 영향을 미치기 마련이다. 자존감이 부족해서도 아니고 긍정의 힘을 더 믿지 않아서도 아니고 간절하지 않아서도 아니다. 폭력적인 상황을 정신적인 노력만으로 벗어날 수는 없다. 자존감을 더 깎아내리고 부정적인 사고를 계속해서 강화시키는 환경에서 벗어나야 한다. 시골에 사는 사람에게 도시(서울)에 사는 것처럼 생각하고 말하고 행동하라고 한다고 해서 그렇게 할 수 있는 건 아니다. 사랑이나 정의가 어딘가에 살아 있으니 닿을 때까지 기다려보자는 말은 희망을 주기도 하지만, 그 뒷면에 '그러니까 지금은 견뎌.'라는 말이 함께 붙어있기도 하다고 생각했다.

나중은 그만 말하고 지금 당장, 여기 닥친 상황에서 벗어나고 싶은 날이 하루 이틀이 아니었다. 절박할 때 절박함이 만들어낸 불안 때문에 상황을 똑바로 볼 수 없는 날이 더 많았다. 절박하기 때문에 미신적인 힘에 기댈 정도로 판단이 흐려진다. 나는 내가 정신을 똑바로 차려야 한다는 생각으로 버텼지만 이렇게 믿음이 바닥난 상태에서 버티는 사람들이 그대로 살아가는 세상은 사라졌으면 좋겠다. 앞으로 가정폭력의 심각성에 대한 논의가 많아지고 폭력이 일어난 이후에 어떻게 피해자를 보호할 방법에 대한 방안이 다양하게 제시되었으면 좋겠다.

강서구 사건 이후에도 아동학대 사건이 수면 위로 떠올랐고 코로나19 이후 UN에서도 밝히기를 세계적으로 가정폭력이 늘었다고 한다. 세계 외진 구석구석에서 폭력이 계속되고 있다. '폭력'을 내 주변 일이 아니라 기사나 뉴스에서나 볼 수 있는 드문 일이라고 생각하지 않고 어딘가 어두운 눈빛, 초점을 잃은 멍한 눈, 불안한 눈빛을 띠고 있는 얼굴을 알아봐주는 시선이 늘어서 독해지지 않아도 폭력으로부터 살아남는 사람들이 늘었으면 좋겠다.

쉼터에 들어간 뒤 경찰서에 가서 조사에 임하고 처음으로 버스를 탔을 때가 생각난다. 버스 창밖으로 문명이 만들어낸 거대한 시설들과 그 안에서 바쁘게 움직이는 도시의 사람들을 바라보며 미래의 사람들에게 가서 거기가 여기보다 더 나으냐고 물어보고 대답을 듣고 돌아오고 싶었다. 미래의 나에게도 시간이 지나면 좋아지긴 하는지 안심하고 더 살아봐도 괜찮을지 물어보고 싶었다.

"너 지금 나를 어떻게 보고 있어? 거기 있는 나는 좀 컸니? 잘 웃니? 말도 잘하니? 그랬으면 좋겠어. 앞으로 펼쳐지는 인생은 좀 편안해졌으면 좋겠어."

쉼터를 나오던 날에는 이곳에서 일을 바깥에 누설하지 않겠다는 서약서를 썼다. 나와 동생은 본가로 돌아가지 않고 독립해서 나와 살기로 했다. 엄마는 우리와 잠시 지내다가 다시 아빠에게로 돌아갔다. 남동생도 다니는 고등학교가 원래 살던 집 근처여서 엄마, 아빠와 함께 지내기로 결정했다. 처음 쉼터를 나와서 걷던 날이 생각난다. 한겨울에 들어갔는데 어느새 한여름이었다. 평소 나는 해가 지는 시간대의 하늘을 좋아하는데 쉼터 생활을 시작한 뒤로는 그 시간대의 하늘을 제대로 본 기억이 없다. 밖에 있다가도 보통 해가 지기 전에 쉼터에 들어가야 했기 때문이다.

경찰에 아빠를 신고하고 집에서 나오던 한겨울은 오후 5시

정도면 해가 졌는데 쉼터를 나오는 날은 저녁 8시가 다 되어서야 해가 졌다. 낮이 가장 짧던 때에서 낮이 가장 긴 때가 되기까지 참 많은 변화가 있었다. 계절도, 날씨도, 기억도, 마음도.

쉼터에서 나와서 태어나 처음으로 독립생활을 하면서도 한동안 취업에 대해서 생각하느라 내가 겪었던 일들에 대해서 깊이 생각해볼 시간이 없었다. 쉼터를 나오던 날 느꼈던 해방감, 아빠에게서 벗어났다는 자유로움은 분명 좋았지만 그 감정에만 취해 있기에는 내 사정이 그리 한가하지 않았다. 삶에서 마이너스 요소를 제거했을 뿐이지 경제적 독립, 정상적인 사회생활을 하기 위해서는 다시 주먹을 쥐고 몸을 일으켜 세워 걸으라고 재촉해야만 했다.

주변에서 왜 핸드폰 번호를 바꿨냐, 문자를 보냈는데 왜 답장이 없었냐, 왜 대학 다 마치는 무렵에 독립을 했느냐는 질문에 그냥 멋쩍게 웃으며 어물쩍 넘어갈 수밖에 없었다. 그러는 나 자신이 억울하다는 생각도 들었다. 나만 알 수 있고 나만 겨우 이해할 수 있는 감정들에 대해 굳이 타인들에게 설명하고 싶지 않았다. 그런 질문을 받으면 저절로 폭력에 대한 기억이 꾸러미처럼 함께 떠올랐기 때문이다.

'가정폭력 때문에 쉼터에 있었어. 그래서 연락이 안 됐던 거야.' 하고 어떤 사족도 달지 않고 담담하게 이야기해야 그나마 버틸 수 있을 것 같았다. 나는 초연해지고 싶었다. 위로나 사랑을 바라고 기대하면 한없이 초라해지니까 그러지 않으려고 노력했다. '울면 지는 거야. 눈물은 혼자 있을 때만 흘리면 돼. 그냥 걸어야 해, 남들 걷는 것처럼 걸어.' 하고 나 자신한테 말했다. 바깥에서 사람들과 부대끼며 살아가려면 고통을 숨긴 채 살아가는 것에 익숙해져야 할 것 같았다.

좋은 사람들을 많이 만났지만 결국 내가 해결해야 할 문제는 누구도 대신 해줄 수 없기 때문에 완전히 터놓고 말하거나 기댈 데가 없어서 외롭기도 많이 외로웠다. 나의 사정을 알고 격려해주는 몇 안 되는 사람들도 각자 사는 게 숨 가쁘고 사람에게 치이며 생활하고 있다는 사실을 알기 때문에 만나면 어두운 이야기는 하고 싶지 않았다. 나를 쉽게 동정하지 않고 전과 같이 대해주는 것만으로 충분하다고 생각했다.

나는 할 수 있는 만큼 성실하게 살고 싶었다. 대학을 졸업하고, 직장에 들어가서 일정한 돈을 벌고, 그 돈으로 이런저런 미래들을 계획하며 살고 싶어서 대학 8학기를 마치고 취업준비를 하기 위해 이런저런 특강을 듣고, 자기소개서를 쓰고, 면접을 준비했다. 그러다 열람실에 앉아 있었던 어느 날이었다. 갑자기 가슴속에서 불안이 해일이 일어난 것처럼 찾아왔다. 불안한 마음을 다스리려고 도서관 책장 사이를 걸으며 읽을 만한 책을 찾는데 갑자기 숨이 어디를 뛰어갔다 온 것마냥 가쁘게 쉬어지는 것이었다. 그때 뭔가 크게 잘못되었다는 느낌을 받았다. 내 몸은 집을 나오고도, 아빠의 세계에서 벗어난 뒤에도 계속해서 트라우마에 시달리고 있었다. 열람실에 갔다 와서 침대에 누워 잠이 오기를 기다리는 시간, 아침에 눈을 떠서 몸을 일으키는 시간 동안 과거의 기억들이 자꾸 떠올랐고, 그 기억을 지우기가 너무나 어려웠다. 정신건강의학과에 가서 약을 처방받았다. 약을 가방이나 외투 주머니에 항상 넣고 다녔다. 약이 손 뻗는 거리 안에 있지 않으면 불안했다.

독립한 지 7개월인가 8개월 정도 되었을 때였던 것 같다. 집에서 갑자기 눈물이 펑펑 나기 시작했다. 한번 눈물이 터지면 참을 수 없이 터질 것이라는 사실을 알고서 참아왔던 걸까? 그렇게 참지 않고 크게 소리 내어 오랫동안 운 건 처음이었다. 참을 수 있는 힘이 소진된 순간이었다. 나는 조금도 괜찮지 않은데 괜찮은 척이라도 잘 해야 그나마 버틸 수 있는 현실이 억울하기도 하고 비참하기도 하고 왜 이러고 아등바등 사나 싶은 생각이 반복됐다.

인간은 고통 속에서 성장한다느니 그런 말을 하고 싶지는 않다. 고통 속에서 이 말을 들을 때 나는 이렇게 고통스러운 마음을 통해서만 강해질 수 있는 거라면, 강해지지 않아도 좋으니까 그냥 편안한 삶만 주시면 안돼요? 하고 되묻고 싶었다. 한 개인이 견디기에 압도적인 고통이 있다. 내 고통이 아니더라도 다른 사람들에게 찾아오는 많은 고통들을 보고 있으면 고통스러운 일들이 참 많다는 걸 알 수 있다. 어떤 사람은 고통을 딛고 성장하고 고통을 이겨내서 큰 사람이 되었다고 말할 수 있지만, 어떤 사람은 고통 속에서 그저 고통을 느낄 뿐이다. 좌절하고, 절망하고, 아파하고, 사람에 대한 믿음을 잃고, 세상을 무서워하고, 두려워하는 채로 그대로 살아갈 뿐이다. 그냥 그렇게 될 뿐이다. 성장이 아니라 삶의 무의미함을 견디는 일에 무뎌질 뿐이다.

그렇게 하다가 글을 쓰게 됐다. 기록하자. 기록하는 방식으로 이 고통을 가둬두자. 일단 달리기는 잠시 멈추고 소화되지 않은 채 목구멍에 맺혀 있던 마음, 나 자신 이외에 아무도 모를 생각들을 들여다보기로 했다. 아팠던 기억은 아팠던 기억대로, 좋았던 기억들은 좋았던 기억대로 떠올릴수록 힘들어서 울다가 멈추다가 했다. 그리고 이제 그 기억은 놓고 싶다는 생각이 들었다.

이것이 보통 사람의 기분이라고?

독립한 뒤부터는 대화 상담 대신 정신건강의학과에 가서 약을 처방받았다. 의사 선생님과 상담하면서 나도 아빠에게 맞았지만, 예전에는 동생들을 많이 때렸다고 사실대로 말했다. 그 말을 들은 선생님은 지금이라도 동생에게 사과하라고 했다. 그것을 그냥 지나가게 방치하는 동안 동생들에게 상처가 되었을 거라고. 괜찮은 것처럼 보이지만 괜찮은 게 아니라면서.

'네가 잘못했다. 사과해라.'

나는 진작 이런 충고를 들었어야 했다. 잘못했다는 말을 더 빨리 들었어야 했다. 명백한 잘못에 대하여 아무도 잘못했다고 말해주는 사람이 없어서 여태까지 우리는 그렇게 살아왔던 것인지도 모른다. 잘못해놓고 잘못한 것도 모른 채 사는 무지함, 판단의 무력함이 악순환을 계속해서 키워왔구나 하고 생각했다.

아무리 화가 나도 동생에게 욕을 하면서 핸드폰 충전기를 던지면 안 됐다. 아무리 화가 나도 동생 머리를 핸드폰으로 내리찍으면 안 되는 거였다. 아무리 화가 나도 그러면 안 됐다.

그 말을 들은 나는 한동안 멍해져서 여름이에게 미안하다고 하고, 진형이에게도 미안하다고 했다. 여름이는 민망해하며 "뭐야, 왜 그래. 나도 미안해." 뭐 그런 말을 했고 진형이는 "괜찮아."라고 말했다.

그러고 나서 상담 선생님을 만났다.

"요즘은 어때요?"

"요즘 진짜 상태 좋아요. 수면제도 줄여도 될 것 같아요."

"잠이 잘 드나 봐요."

"네, 전보다 잘 자는 것 같아요."

"그러면 일단 줄여드릴게요. 동생은 어때요?"

"음, 여동생은 점점 밝아지는 것 같아요. 느껴져요. 남동생은 아직 좀 어둡고 화가 많은 것 같기는 해요."

"그래요? 그래도 여름 씨한테는 좋은 변화네요. 아빠랑은 어때요?"

"음, 저번에 병원 다녀와서 아빠한테 편지를 한 통 썼거든요. 저는 제 인생 제가 살아갈 테니까 아빠도 잘 사시라고. 뭐 그런 내용의 편지를 써서 줬는데 그날 이후로 아무 연락도 안 하고 있어요. 마음에 안 드는지 어떤지는 모르겠는데 그래도 하고 싶은 얘기를 해서 마음은 편해요."

"잘했네. 그래도 그런 편지를 쓰는 걸 보니 자신감이 많이 생겼나 봐요?"

"정말 많이 생긴 것 같아요. 저한테 이런 마음이 생겼다는 사실이 너무 신기해요. 그리고 아빠한테 편지를 쓴 뒤로 말이 엄청 많아졌어요. 누구를 만나도 어떤 말이든 다 할 수 있을 것만 같아요."

"정말 많이 변했네요."

"네, 약은 그래도 계속 먹어야겠죠?"

"당분간은 그렇게 하도록 하죠. 이런 날이 오네요. 가을 씨."

"그러니까요. 좀 이상하기도 하고 신기하기도 해요."

"보통 사람들은 그런 기분으로 살아요. 지금 그 기분을 잊지 말아요."

집에 돌아와서 동생에게 말을 건넸다.

"나 오늘 정신의학과 갔다 왔는데."

"잘했네, 뭐래?"

"그냥 요즘 상태가 너무 좋다고, 이런 날이 올 줄 몰랐다고, 아빠한테 하고 싶은 말도 편지로 써서 했다고 그러니까 자신감이 많이 생겼나 보다고 하시길래 그런 것 같다고 했지. 암튼 이야기 끝나고 나가려고 하는데 보통 사람들은 이런 기분으로 산다고. 그 기분 잊지 말라고. 그 말이 너무 충격인 거야. 나는 이 이상으로 좋아질 수 있을까 싶고, 이렇게 기분이 좋을 수 있는 게 믿어지지도 않고, 겪어본 적이 없어서 이 기분을 잃을까 봐 불안하기도 하고 그랬는데, 이게 정상이었구나. 이게 그냥 보통 사람들이 겪는 기분이구나. 허탈하기도 하고 안도감도 느껴지고 그랬어."

내 말을 듣던 여름이도 헛웃음을 지었다.

그 뒤로도 아빠와의 관계가 마냥 순탄하지는 않았다. 나와 여름이가 독립한 집에 반년 넘게 방문하지 않았고 엄마도 우리 집에 오는 게 눈치 보인다며 쉬는 날이나 아빠가 등산하러 나가고 빈 시간에 우리 집에 찾아왔다. 2019년에 있었던 일은 집 안에서 암묵적인 금기가 됐다. 폭력을 쓰는 일은 없었지만 아빠는 여전히 그때 일을 원망하고 있는 듯했다.

어느 날은 기분이 좋아서 다 같이 바다에 가자고 하기에 동해바다로 갔다. 아빠는 바다를 보고 있는 우리를 자꾸 핸드폰 카메라로 찍었다. 아빠는 우리 셋이 없는 집에서 나와 여름이, 진형이의 어릴 적 사진과 동영상을 보며 "저렇게 예쁜 아이들을 대체 왜 그렇게 때렸을까?" 후회의 감정이 들었다고 했다. 그런 말을 하는 아빠를 보며 이제 사이가 좋아질 수도 있지 않을까 싶었다. 아빠를 상담해주는 선생님도 "아버님이 정말 빠른 시간 안에 좋아지셨어요. 정말 빠른 시간 안에. 그렇게 금방 바뀔 수 있는 걸, 왜 지금까지 방치해 뒀는지 모를 정도예요."라고 이야기했다.

나도 한동안 다시 그런 일이 안 생겨서 다행인 건 맞지만 내가 내 손으로 신고하기 전에 누구도 이 상황을 변화시킬 수 없었다는 사실과 어떤 선한 마음이 아닌 공권력의 힘을 빌려야만 변할 수 있는 사람이 있다는 것에 '이런 진실을 알고 싶었던 건 아닌데.' 하는 생각도 들었다. 허탈한 마음에 선생님에게 "그건 다 뭐였을까요?" 하고 물은 적도 있다. 우리 가족이 웃는 모습을 누구보다 간절하게 바라던, 오히려 더 순진할 때 이뤄지지 않은 일이 이렇게 다 상처받을 대로 받고, 다쳐 체념한 뒤에야 가질 수 있는 일상이 됐다는 사실이 부조리하게 느껴지기도 했다.

그러다 '그럼 그렇지. 사람이 쉽게 바뀔 리가 없지.' 냉소하게 만드는 날도 있었다. 아빠는 내가 살갑게 굴면 내가 다시 자신 소유가 되었다고 생각하는 듯했다. 앞으로 잘 지내고 싶다는 생각을 한 지 며칠 되지 않아 갑자기 취직 이야기를 꺼내며 나를 전처럼 쥐고 흔들고 영향을 끼치려고 들었다. "다른 집 자식들은 어디에 취직했더라. 부모에게 뭘 해주더라."는 식의 이야기를 하며 언성을 높이더니 "너같이 한심한 새끼는 내가 본 적이 없다." 며 화를 냈다. 내가 얼마나 못났는지 설명하며 나에게 왜 그렇게 사냐고 묻길래 나도 그 순간 분노가 치솟아서 전화기에 대고 "저한테 한심하다 어떻다 하는 말 이제 그만 하세요." 하고 소리를 질렀다. 소리를 지르자마자 아빠는 전화를 끊었고 두 달 동안 연락 한 통 하지 않았다.

잘못도 없는 여름이에게까지 무시로 일관했다. 전 같으면 나도 아빠 패턴이 원래 이런 줄 알고 수그리고 들어갔겠지만, 이렇게 맞설 수 있게 된 데에는 공간이 분리되고 당장의 불안이나 공포가 없어진 덕이 크다. 집에 있을 때 나는 이어폰도 한쪽만

끼며 생활했다. 아빠가 나를 불렀을 때 재빠르게 대답하도록 들을 귀를 남겨둬야 했기 때문이다. 언제나 한 사람 위주로 생활하다가 독립해 내 시간을 가지며 두 귀를 모두 이어폰으로 막고 노래를 들어도 괜찮은 곳에서 사는 동안 '정상'적인 기준, '보통 사람의 기분'을 내 것으로 만들 시간을 충분히 가질 수 있었다.

공간적으로 분리되어 있지 않았다면 절대 할 수 없을 말을 하고 난 뒤 며칠을 끙끙 앓았다. 여름이가 그 소리를 다 들어주었다. 내가 아직도 그 기억에서 벗어날 수 없다는 사실, 아직 끝나지 않은 일일 수도 있다는 사실에 무섭고 화가 나서 온갖 감정이 휘몰아쳤다. 통화 이후 의사 선생님에게 "집에 있는 물건을 다 부숴버리고 싶었어요."라고 말하니(공간이 분리된 이후 '너도 그렇게 될 거다.'라는 폭력의 대물림 속에 나도 떨어질 수 있었다. 부정적인 감정이 있음을 상담 선생님에게도 숨기며 혼자 알아서 죽이고 없애려고 했는데 '나의 화는 폭력의 대물림과 상관없는 개인적이고 주관적인 감정이며 사람이라면 누구나 가질 수 있는 감정이기도 하다.'며 부정적인 감정도 표현하도록 상담 선생님이 도와주셨다. 화가 나면 화가 난다고 감추지 않고 이야기할 수도 있게 됐다.) "그래서 실제로 그렇게 행동했어요?"라고 물으셔서 내가 "아니요."라고 대답했다. 그리고서 내가 걱정된다는 얼굴로 "내가 심연을 들여다볼 때 심연도 나를 들여다본다.”는 니체의 『선악의 저편』에 나오는 말을 들려주셨다. 그 외에도 여러 말을 주고받았지만, 특히 니체의 말을 곱씹으며 ‘그래, 나빠지지 말자.’ 생각했다.

두 달 뒤 아빠는 사과의 의미로 필요한 생활용품을 사주겠다며 우리를 쇼핑몰에 데려갔다. 그렇게 좋아졌다 싶어 안심하고 지내던 중에 한 번 더 소리 지르며 화내기도 했다. 나는 “저한테 욕하지 마시고 다시는 저 함부로 대하지 마세요.” 하고 말했다.

집을 나오고 들어간 월셋집 계약 기간이 2년으로 만료되어 다른 곳으로 이사할 때 아빠를 자주 만났다. 처음 독립한 집으로 이사할 때 도와주지도 않았고 반년 이상 방문하지도 않았던 아빠는 두 번째 이사할 때는 도배도 해주고 필요한 물건도 마련해 주었다. 어쩌다 옛날 이야기가 나와, 당신이 우리 이렇게 때렸던 것 기억나느냐 물었다. 아빠가 그 질문에 대답은 하지 않고 “야, 그래도 너희는 잘 먹고 살았잖아. 나 어릴 때는 먹을 것도 없었다.”로 시작하는 말을 이어가려고 하기에 “아빠 때는 먹을 것도 없이 맞고 자랐고 우리는 잘 먹으면서 맞고 자랐으니까, 우리 다음 세대는 먹기도 잘 먹고 맞지도 않으면 되겠네요.” 하고 말했다. 내가 당한 억울함만 생각하면 끝임없이 맞고 때리고 다시 맞고 때리는 악순환을 반복하게 된다. 상처받은 사람이 상처 주게 된다는 식의 내러티브는 개연성이 있다고 해도 이제 다시 생각하고 싶지도, 그 이야기에 지배당하고 싶지도 않다.

　사람을 도미노 조각에 비유한다면 세상은 아주 많은 도미노 조각들이 다닥다닥 붙어 있는 모양이 될 것이다. 그리고 도미노 조각 하나가 쓰러지면 그 옆의 도미노도 쓰러지게 되어 있듯이 그렇게 작은 도미노 하나의 흔들림은 전체 도미노 조각들이 쓰러지는 어떤 시작점이 되기도 한다. 도미노를 몇 번 세워본 사람은 도미노 한 조각의 흔들림이 얼마나 치명적인지를 알게 된다. 처음부터 다시 복원하는 것이 얼마나 힘든지 아는 사람은 그런 상황을 막기 위해 중간마다 도미노와 도미노 사이 거리를 넓혀서 세워두곤 한다. 한쪽이 무너지더라도 다시 복원하기 쉽도록, 누군가는 쓰러진 도미노 조각들을 일으켜 세워서 복원하고, 누군가는 세우던 대로 계속 도미노를 세울 수 있도록 말이다. 도미노 조각 하나의 흔들림은 그래서 수많은 도미노 조각들이 모여 있는 모양을 순식간에 흐트러트릴 만큼 큰 움직임이다. 충분히 세워 봤으니 이 정도는 일도 아니라며 방심하는 순간 금세 무너져버린다. 부분이 꼭 전체처럼 느껴지는 이유다.

잊어야 할 일은 잊어요

맞지 않을 때도 금방이라도 맞을 수 있다는 불안감에 휩싸여, 아빠에 대해 한시도 생각하지 않을 수 없었던 때에는 감히 할 수 없었던 생각들도 지금은 조금씩 하게 되었다. 기억하고 잊는 일에 대한 생각이다. 대학 다닐 때 상담해주신 선생님과 이런 대화를 나눈 적이 있다.

"제가 보기에 가을 씨에게는 굉장히 다양한 모습이 있고 장점도 있어요. 그런데 자기 정체성을 가정폭력 피해자로 두고 거기서 벗어나지 못하는 것 같아요."

"맞아요. 그게 이상한 것 같으세요, 선생님?"

"아니, 이상하다는 말이 아니고 가을 씨의 머릿속에 그 정체성이 너무 크게 자리 잡고 있는 것 같다는 말이었어요."

"맞아요. 항상 생각하려고 해요. 잊지 않으려고 해요. 가정 폭력에 관한 일을 포함해서 그냥 세상에서 일어나는 불의한 사건들에 관심 가져야 할 것 같아요. 잊으면 안 될 것 같고 피해 당사자들이 얼마나 아팠을까, 그런 것을 상상해야 한다고 생각해요."

"왜요? 가을 씨가 그런 생각을 하면 뭐가 달라지는데요?"

"달라지는 건 없어요. 그런데 그런 불행이 있었다는 걸 알고 있는 제가 잊어도 된다고 생각해서 놓아버리면, 제가 겪은 불행도 그렇게 세상에서 아무렇지 않게 잊혀도 묻어둬도 되는 일이라고 인정해버리는 거잖아요. 그걸 받아들이기가 너무 힘들어요."

"그렇죠. 누군가의 불행을 지나치지 않으려는 마음은 좋아요. 그런데 그 이유로 심리적인 고통에 빠져 있다고 해서 지금 가을 씨가 해결할 수 있는 일이 당장 있어요?"

"없어요. 저도 없다는 걸 아는데요. 그냥 그러지 않을 수가 없어요. 선생님이 자꾸 왜 그런 강박에 사로잡혀 있냐고 물어보셔서 제가 생각을 해봤거든요. 그런데 그런 거 아닐까요."

"뭐요?"

"사람들이 4월 16일이나 5월 18일, 9월 11일 같은 날짜를 기억하는 이유."

"이유가 뭘까요?"

"충격적이잖아요. 집단이 잊고 싶지 않은 날이 있듯이 저한테도 제 개인에게도 잊지 못할 일이 있어요. 선생님, 저도 잊을 수 있다면 잊고 싶은데요. 없었던 것처럼 살 수 있으면 그렇게 살고 싶은데요. 이미 다 봤잖아요. 다 알고 있잖아요. 그걸 받아들이기가 너무 힘들어요. 너 한 사람쯤, 나 한 사람쯤 없어져도 사는 데 아무 지장 없는 세상이라는 거. 그 가벼움을 견딜 수가 없어요. 제가, 여름이랑 진형이가 겪은 일들이, 그 기억이 아직도 이렇게나 생생한데, 외롭고 슬픈데…."

〈한겨레〉 2018년 7월 28일 자에는 다음과 같은 기사가 있다.

미국에 있는 민간 고래연구기관 '고래연구센터'CWR는 26일 보도자료를 내어 "남부 정주형 범고래 J35가 새끼를 낳은 뒤 물 위로 들어 올리는 행동을 지속하고 있다"고 밝혔다.…
고래연구센터가 현장에 갔을 때, 새끼의 행동이 이상했다. 새끼는 자꾸 물속으로 가라앉고 있었고, 어미는 계속해서 부리와 머리를 이용해 새끼를 들어올렸다. 새끼는 이미 죽어 있었던 것이다.⋯ 이튿날 관찰 결과, J35는 계속해서 죽은 새끼를 들어 올리며 이동했다고 고래연구센터는 밝혔다. 50km 떨어진 캐나다-미국 국경의 새터나섬까지 헤엄쳐 갔다.

죽은 지 나흘째인 27일 오후까지도 J35는 새끼를 놓아주지 않고 있다. 고래박물관 '사운드와치' 프로그램의 책임자 테일러 쉐드는 〈시애틀타임즈〉와 인터뷰에서 "J35는 길고 깊은숨을 쉬고 있다. 다른 고래들보다 몇 초 더 오래 수면 위에 있다"고 말했다.⋯

범고래와 돌고래 일부 종에서 죽은 새끼를 들어 올리는 행동이 간혹 관찰된다. 과학자들은 사회성이 강한 고래류에서 주로 발견되는 '애도 행동'으로 보는데, 길게는 일주일까지 하는 것으로 보고됐다. 동물행동학자 바바라 킹은 〈시애틀타임즈〉와 인터뷰에서 "J35가 현재 보이는 행동은 범고래가 하는 기본적인 행동이 아니다. 자신이나 새끼를 돌보는 게 아니라 노동을 계속하고 있는 것"이라고 말했다.

언젠가 휴머노이드와 관련된 책을 읽고 독서모임을 한 적이 있다. 그때 내 발제 질문 중 하나가 '내가 만약 로봇을 만든다면 어떤 기능, 성격, 능력치를 부여하고 싶나요?'였다. 모임 회원들은 여러 가지 의견을 냈다. 강아지 로봇을 만들고 싶다는 사람도 있었고 외로울 때 함께 있어줄 친구 같은 휴머노이드를 만들고 싶다는 사람도 있었다. 나는 여섯 일곱 살 무렵의 나와 똑같은 얼굴에, 어린 날의 나와 똑같은 생각을 하고 똑같은 행동 패턴을 보이는 로봇을 만들어서, 그 아이가 부리는 투정을 있는 대로 받아주고 싶다고 했다. 그런 휴머노이드를 만들 수 있다면 듣고 싶어 하는 말을 다 해주고, 먹고 싶어 하는 것을 함께 먹고, 해달라는 걸 다 해준 뒤에 아이가 활짝 웃는 그 순간 작동을 멈춰버리고 싶다고 했다.

신문기사 속 어미 범고래는 왜 죽은 새끼를 들어 올려가며 헤엄쳤을까? 새끼가 죽었다는 사실을 몰랐을까? 아니, 알았을 것이다. 그렇다면 새끼가 죽었다는 사실을 알았을 때, 왜 바로 돌아서지 못한 걸까? 그렇게 한다고 죽은 새끼가 살아나는 것도 자신이 이득을 취할 수 있는 것도 아닌데 왜 그런 고된 행동을 했을까? 그리고 나는 왜 여섯 일곱 살 무렵의 나와 같은 모습을 한 휴머노이드를 만들어서 돌봐주고 싶다는 생각을 했던 것일까? 나 대신 직장에 나가 일을 해줄 휴머노이드를 만들면 돈이라도 벌 수 있을 텐데, 왜 그런 무용한 상상을 했을까? 어린 나의 모습을 한 휴머노이드에게 애정을 준다고 해도, 그 시절 내가 받지 못한 사랑이 채워지지 않는다는 사실을 알면서 왜 미련하게 어린 시절의 나를 잊지 못할까?

기억을 기록하기 전까지는 내게 이런 질문들만 던지고 있었다. 잊고 싶다고 잊을 수 있는 것이 아닌, 잊고 싶지 않다고 해서 잊히지 않는 것이 아닌 종류의 일이 있다. 어떤 일은 사람 마음에 남아 오랫동안 그 사람을 붙잡는데 잊지도 잊지 않지도 못한 그 중간 상태에서 나는 오랜 시간 머물렀던 것 같다. 내 안의 어린아이, 상처받은 기억을 지금 여기까지 질질 끌고 왔다. 그렇게 하지 않으면 어린 날의 내가 나를 용서하지 않을 것 같기도 했고, '그런 아픔이 있다는 것을 알면서 웃으면서 살고 싶니? 웃는 게 그렇게 좋니?' 하면서 평생 나를 쫓아다닐 것만 같아서이기도 했다. 범고래가 며칠을 죽은 새끼를 끌고 가는 노동을 한 것처럼 말이다. 범고래에게도 애도하는 과정이 필요했을 것이다. 나도 그렇게 한다고 달라지는 건 없지만 그렇게라도 하지 않으면 안 될 것 같아서 기억을 끌고 올 수 있을 때까지 끌고 왔고 글을 쓰고 고치는 2년을 지나오며 천천히 놓을 수 있게 되었다.

나는 '브로콜리너마저'라는 인디밴드 노래를 참 좋아하지만 그중에서도 끝까지 듣고 싶지 않았던 노래가 있다. 〈잊어야 할 일은 잊어요〉와 〈잊어버리고 싶어요〉라는 제목의 노래다. 잊어야 할 일은 잊으라니… '이 미친 세상에 어디에 있더라도 널 잊지 않을게.'(〈졸업〉), '우리가 함께했던 날들의 열에 하나만 기억해줄래. 우리가 아파했던 날은 모두 나 혼자 기억할게.'(〈1/10〉)라는 노래 가사를 수도 없이 반복해 들었던 나에게 '잊어야 할 일은 잊어요'라는 말은 잔인하게 느껴졌다. 창작 의도와 전혀 상관없는 나 혼자만의 감상임을 알면서도, 나는 노래로 잊으라는 이야기를 듣고 싶지 않을 정도로 특정 단어에 대한 거부감이 심했다. 하지만 2020년 어느 봄 이후로 자주 찾아 듣는 노래가 되었다. 침대에 누워 눈을 감고 그 노래에 매달려 있었던 밤도 기억난다. '나 변하는구나.'라는 생각에, 나와 어린아이 사이를 잇는 줄 하나가 잘려나간 기분이었다.(이게 무슨 기분인지는 아직도 정체를 몰라서 찾아보고 있다.)

내가 변한다. 어떤 상황에서 듣고 싶지 않았던 노래를 어떤 상황에서는 간절해 한다. 변하지 않는 사실은 내가 살아 있다는 사실뿐이다. 이 사실에 웃어야 할지 울어야 할지 모르겠음에 마음이 무거워지다가도, '너나 잘해. 넌 그냥 번식하고 생존하도록 유전자에 새겨진 종의 일부일 뿐이야.' 하고 나에게 쏘아붙이고서야 무거움에서 빠져나와 그저 살아만 가려 한다. TV에서, 인터넷에서, 책에서 사람이 당해서는 안 될 일들이 벌어지고 있다는 사실을 알게 될 때마다 '나는 어떻게, 왜 살아남았지? 나는 왜…?'라는 질문이 반복된다. 이렇게 이상한 세상에서 살아 있다는 사실에 자꾸 '왜?' 하고 묻게 된다. 물어도 답은 없고 내가 나로 태어난 이상 나는 나를 데리고 살 수밖에 없다.

〈잊어야 할 일은 잊어요〉 앨범 소개글에는 "잊어야 일은 잊으라는 주문은 잊지 말아야 할 것은 잊지 말라는 이야기이기도 합니다. 영원히 잊히지 않는 일도 노래도 없을 것이라 생각합니다. 하지만 무수히 흩날리는 시간 속에서 흔들리면서 조금 더 천천히 사라지는 것들이 있겠지요- 그 아름다운 것들을 위해서 잊어야 할 일은 잊을 필요도 있을 것 같습니다."라고 쓰여 있다. '잊어야 할 일은 잊어요.'와 '잊지 말아야 할 일은 잊지 말아요.'라는 말이 같은 맥락일 수 있다는 사실이 아직 낯설지만 나는 그런 낯선 상태에서 살아가고 있다. 기억들이 전처럼 생생하게 떠오르지는 않지만 영영 떠올릴 수 없을 만큼 잊히지도 않는다. 그렇게 되었다.

어떤 생각을 받아들일 수 있는 때가 저마다 다르다. 나에게는 '진짜병'이 있어서 스스로 납득할 수 없는 생각을 누군가가 억지로 욱여넣으려고 할 때 마음속으로까지 받아들인 적은 열다섯 살 이후로 거의 없다. '진짜병'은 무슨 마음만 생기면 물어보는 병이다, "진짜?" 하고. 예를 들면 "네가 행복했으면 좋겠어."라고 누군가에게 말해놓고도 혼자 있을 때 물어본다. '진짜? 내가 저 사람 행복을 위해 뭘 할 수 있어? 저 사람이 너 아프게 해도 원망 같은 거 안 할 수 있어? 진짜?' 하고 묻는다. 좋은 생각을 할 때도 "행동이 진짜야. 생각만으로 좋은 사람 되는 건 누구나 할 수 있어." 하는 식으로 마음의 진짜성을 의심해본다. '진짜병'이 도져서 나에게 물음을 쏟아내기 시작하면 질문을 피해갈 방법이 없다. '그 정도는 아닌데…' 식의 대답이 나오면 나는 다른 진짜 내 마음을 찾아다닌다.

'진짜병'은 내가 멈추고 싶다고 멈춰지는 병이 아니다. '진짜야.'라고 대답할 수 있는 상황까지 가서야 잠잠해진다. 앓는 기간도 찾아오는 주기도 일정하지 않다. 어떤 것을 기억하고 잊는 과정은 내 마음이 하는 일이고 내 마음은 효율을 모르고 논리나 이성도 모르고 관점 이동 능력 같은 것도 모른다. 새롭게 시작하려면 나도 '진짜병'이 해소되어서 내 몸이 스스로 받아들이고 납득할 때까지 기다리는 수밖에 없다. 어떤 말 또는 마음은 누군가가 들려준다고 바로 나와 만날 수 있는 것도 아닐뿐더러 내가 가지고 싶다고 가질 수 있는 것도 아니다. 천천히 사라지도록 감정을 소화할 수 있는 시간을 충분히 가져야 했다. 다 때가 있는 것 같다. 사전에 새로운 단어를 올려놓듯 머리에 기록해두었다가 시간이 흘러 내 마음과 어떤 외부 환경이 만나 다시 떠올려보고 만져보고 느껴보고 통과할 수 있을 때.

예전에 명상 배울 때 선생님께 들은 말로는 아주 어린 시절의 기억이 떠오르지 않는 것 같아도 우리 몸에 다 저장되어 있다고 한다. 까마득히 어린 시절 기억까지. 내가 아무리 다 흘려보내고 가벼워지겠다고 의식적으로 노력해도 이미 쓰인 기억은 나와 영원히 함께하겠지, 살아 있는 이상 한 곳에만 머무를 수도 계속 다른 곳으로 갈 수도 없겠지 하고 생각할 뿐이다.

인간은 고통 속에서 배운다느니 성장한다느니 그런 말이 맞기도 하지만 그렇다고 "네 고통은 성장하기 위한 거니까 괜찮아. 아프니까 청춘이야" 식의 말은 듣고 싶지도 않다. 나에게 끔찍하게만 생각되는 어린 시절이 나한테 고통을 견디게 하는 강한 힘을 만들어줬다고 해서 그 모든 일을 다시 겪고 머리를 굴려가며 읽고 관찰하고 탈출구를 모색하며 아등바등했던 시기를 반복하고 싶지 않다.

집을 나와서 산 지 2년이 지나 바디 스캔 명상을 한 적이 있다. "오늘 하루 수고해준 내 몸에게 감사해봅니다."로 시작해 나의 발, 다리, 손, 눈, 심장에게 감사한 마음을 보내야 하는데 내 몸에게 감사한 마음이 하나도 들지 않았다. 나는 내 몸에게조차 '네가 먹어야 해서, 네 몸 뉠 곳 필요해서, 내가 어떻게 살아남을까 쉬지 않고 궁리하며 나가서 일해야 한다.'는 생각으로 원망하고 있었다. 전기와 물, 의식주가 필요한 내 몸 때문에 아빠에게 경제적인 빚을 지고 있는 듯 죄책감을 느끼고 빚을 모두 청산해야 한다는 부담을 지니고 있던 시간이 너무 길었다. 부채감이 지금까지도 이어지고 있었다. 그날 명상이 몸을 원망하고 괴롭히는 일도 이제는 그만두라는 신호처럼 느껴졌다. 이제는 아름답고 좋은 것들을 더 많이 보고 싶고 더 편안해지고 싶다.

궁금증, 호기심

김중혁 작가의 『나는 농담이다』는 내가 세 번 이상 반복해 읽은 소설이다. 소설 속에서 주인공들이 '생각과 마음을 표현하고 전하는 일'에 관해 대화를 나누는 대목이 나온다.

"보여주는 게 무조건 맞아. 걱정하지 마. 누군가 슬퍼할 거라는 이유 때문에 그걸 얘기하지 않으면 슬픔이 사라질 거 같아? 절대 아냐. 세상에 슬픔은 늘 같은 양으로 존재해. 슬픔을 뚫고 지나가야 오히려 덜 슬플 수 있다고."
"난 다른 사람의 마음을 잘 이해하기 힘들어요. 얼마나 슬플까, 얼마나 기쁠까, 대체 얼마나 아플까."

"당연하지, 바보야. 당연한 거야. 그걸 이해할 수 있다고 떠드는 놈들이 사기꾼이야. 감정은 절대 전달 못 해. 누군가가 '슬프다'라고 얘기해도 그게 전달되겠어? 각자 자기 방식대로 그걸 받아들이는 거야. 진짜 아픈 사람은 자신이 아픈 걸 10퍼센트도 말 못 해. 우린 그냥. 뭐라고 해야 하나, 그냥 각자 알아서들 버티는 거야. 이해 못 해준다고 섭섭할 일도 없어. 어차피 우린 그래. 어차피 우린 이해 못 하니까 속이지는 말아야지. 위한답시고 거짓말하는 것도 안 되고, 상처받을까 봐 숨기는 것도 안 돼. 그건 다 위선이야."

"그러다가 끝나는 거야. 내가 몇 번이나 말했어. 감정이나 편지는 다락에 넣어 두는 게 아니야. 무조건 표현하고 전달해야 해. 아무리 표현하려고 애써도 30퍼센트밖에 전달 못 한다니까."

집을 나오기 전, 내 생각을 표현하기 전에는 말하지 않아도 알아주길 바라는 마음이 비현실적일 정도로 컸다. 사춘기가 지나고 생각이 많아지기 시작한 나이가 되었을 때부터 나는 줄곧 무언가를 기다려온 것 같다. 이곳은 내가 바라고 그리던 곳이 아니야. 내가 바라는 곳으로 가기 위해 견디는 중간다리일 뿐이야. 이 사람은 내가 바라고 그리던 그런 사람이 아니야. 내가 바라던 사람을 만나기 전에 만나는 사람이야 하고 계속 기다리며 무언가 대단한 것, 고통에 처한 현실에서 나를 구해줄 장소나 사람이 있을 거라고 생각하며 살아온 것 같다. 여기가 아닌 저기, 이 사람이 아닌 저 사람을 찾아 헤매도 결국 제자리로 돌아오는 날이 많았다.

그러면서 나를 제일 잘 알고 토닥일 수 있는 사람은 나 자신이고 나의 삶을 견디고 버텨내야 할 사람도 결국 나라는 사실을 맞닥뜨리게 되었다. 지금은 나의 감각, 감정, 생각의 역사를 모두 알고 찾아와서 위로를 건네줄 사람을 기다리기보다 나의 감정, 생각을 표현할 수 있는 능력을 직접 갖추면 그런 사람을 자연스레 만나게 될 거라고 생각한다. 내가 무슨 생각을 하고 무엇을 원하는지는 내가 말하기 전에는 아무도 알 수 없다.

같이 살고 있는 가족도 마찬가지다. 나는 여름이와 단둘이 살면서 서로에 대해 몰라도 너무 모르고 있음이 문제라는 생각에, 가끔씩 여름이와 책 한 권을 골라 그에 관해 이야기하거나 일상에서 있었던 일에 대해 이야기 나누는 시간을 가졌다. 나도 여름이에 대해 알게 됐고 여름이도 나에 대해 새로 알게 됐다. 주디스 허먼의 『트라우마』라는 책에는 폭력 이후 삶을 살아가는 사람들이 겪는 심리적인 문제에 대한 설명이 적혀있다. 불행한 일에 대해 죄책감을 갖는 것이 가정폭력을 겪은 사람들이 경험하는 외상 후 스트레스 증후군 증상의 하나라고 한다. 어떤 피해자는 아픈 기억을 떠올리고 싶어 하지도 않는데 어떤 피해자는 너무 잊지 못한다고 한다. 나는 후자의 경우고 여름이는 전자에 가깝다. 나는 힘들고 아픈 것을 계속 기억하고 싶었다. 그렇지 않으면 과거의 나, 동생들이 쫓아와서 나에게 손가락질할 것 같았다. 정작 여동생은 내게 "언니처럼 그렇게 오래 생각하면 일상을 어떻게 살아가냐"고 묻는다.

같은 일을 겪고도 항상 여동생과 반응이 다른 걸 보니 뭐든 잘 잊지 못하고 의미를 부여하는 성격은 선천적인 성향인 듯하다. 나는 나와 이렇게도 다른 여동생과 사는 득을 크게 보고 있다. 내가 혼자 심각해지거나 우울해지면 여동생은 "됐고, 밥이나 먹자."는 식으로 이야기한다. 그럼 내가 심각하게 생각했던 일이 아무것도 아닌 일처럼 느껴진다. 동생 덕분에 생각이 너무 많을 때 잘 먹고 잘 자고 잘 씻는 등의 일상생활에 집중하는 게 잡념을 제거하는 데 도움이 됨을 알게 됐다.

같이 살면서 그간 겪었던 아버지폭력에 대한 이야기도 종종 나눴다. 이야기하던 동생이 옛날 생각에 감정이 크게 느껴져서

인지, 갑자기 남동생이 불쌍하다며 우는 모습도 봤고 왜 당하고 있었는지 이해할 수 없다며 허무해 하는 모습도 보았다. 나는 동생의 시선에서 바라본 과거 기억은 어땠는지 궁금해서 계속 묻던 중에 문득 같이 글을 쓰면 좋겠다는 생각이 들었다. 나는 글을 쓰며 정말 많은 치유를 받았기 때문에 동생에게도 적극적으로 권하고도 싶었다. 동생에게 어떤 글이어도 좋으니 네 기억을 써주었으면 좋겠다고 말했다.

내 요청에 동생이 "도대체 뭘 쓰라는 건지 하나도 모르겠어."라고 말하면 "나는 쓸 말이 없다는 너를 이해 못 하겠어."라고 답했는데 같은 경험을 하고 자라도 이렇게 다를 수 있다는 사실에 신기함을 느끼기도 했다. "우리가 같이했던 이야기들 있잖아. 그게 다 네 이야기잖아."라고 말하면 "그건 언니랑 늘 대화하던 식으로 이야기한 거고 무작정 쓰라고 하면 난 못 써." 하고 동생이 대답했다. "그럼 내가 질문지를 만들어주면 거기에 네 생각을 적어줄 수는 있지?"라고 하니, "그건 할 수 있지."라고 하길래, 혼자 침대에 누워서 동생에게 궁금한 점들을 적어 내려갔다.

너에게 특히 힘들었던 경험은 뭐야? 내가 썼던 일 중에 같은 경험이지만 너는 다르게 느꼈던 건 없어? 폭력이 문제라는 사실을 쉼터 이후에 느꼈다고 했잖아. 2년이 지난 지금 바라봤을 때 우리가 겪었던 일은 다 뭐였다고 생각해? 벗어나고 나서도 힘든 점은 없어? 앞으로 어떻게 살아야 할까? 등등 궁금한 점을 적어서 주었다. 그리고 동생에게서 글을 받아 읽었다. 같이 살면서도 여름이가 이런 생각을 하는 줄은 몰랐기 때문에 읽는데 자꾸 마음이 이상했다. 가족이어서, 익숙해서 서로를 퉁명스럽게 대하는 바람에 서로에 대한 궁금증도 잃어서 알 수 없었던 내면의 이야기를 읽는 게 새롭고 좋아서 눈물도 났다.

군대 간 남동생 진형이에게는 읽어보고 지우거나 바꾸길 바라는 문단을 말해달라고, 네가 직접 이야기를 써줘도 좋다고 메시지를 보냈다. 읽고 답이 없길래 내가 신경을 건드렸나 싶어 아무 연락도 하지 않고 있었는데, 몇 주 뒤 전화가 와서 "누나, 나 몇 줄 읽다가 그때 생각이 너무 생생하게 떠올라서 못 읽겠더라. 너무 생생하게 떠올라." 하고 말하기에 다른 이야기를 하다 전화를 끊었다. 동생이 화살을 밖으로 겨누지 않고 자기 자신에게 겨누는 사람이라 동생이 스무 살 될 때까지 얘기를 돌려서 안부를 묻곤 했다. 어느 날 동생에게 "누나. 나는 누나가 몽상가여서 걱정이야. 나 안 좋은 생각 안 해." 하는 말을 듣고 나서 동생에 대한 오지랖 섞인 근심도 접었다.

남동생이 먼저 읽은 김영하 작가의 소설집 『오직 두 사람』

표제작을 읽는데 곳곳에 빨간 색연필로 밑줄이 그어져 있었다. 진형이가 그은 밑줄이었다. 「오직 두 사람」은 아빠와 딸에 관한 이야기여서 '아빠'라는 단어가 자주 등장한다. "언니는 내가 아빠한테 버림받았다고 생각하는구나. 그런데 어쩌지? 내가 아빠를 버린 거야. 언니는 내가 아직도 아빠한테 사랑받지 못해서 괴로워하고 있다고 생각해? 아빠가 언니한테 준 거, 그게 사랑이야? 그리고 무슨 용서? 용서가 필요한 사람은 아빠야. 내가 아니라." 같은 문장에 쳐진 밑줄들을 보니 동생도 내가 모르는 많은 경험을 하고, 내가 모르는 생각을 하고 있다는 걸 알게 되니 마음이 묘연해졌고 나는 나대로 밑줄을 그으며 책을 읽었다. 동생은 이제 갖고 싶은 게 많아져서 면허증도 갖고 싶어 하고 돈도 갖고 싶어 한다. 갖고 싶은 게 많아진 동생이 좋다. 동생 미래까지는 모르겠지만 앞으로 각자의 자리를 지키고 있다 보면 언젠가 만날 거라 믿는다.

'가정폭력'이라는 동일한 사건을 두고도 각자 바라보는 방식이 다 다르다. 나와 여동생, 남동생만 해도 한 지붕 아래서 자랐지만 누구는 잘 잊고, 누구는 떠올리기도 싫어하고, 누구는 잊고 싶지 않아 했다. 가정폭력을 직접 겪은 사람을 보기도 했고 뉴스를 통해 간접적으로 이야기를 듣기도 했다. 그 사람들마다 대응하는 방식도 천차만별이었다. 어떤 사람은 맞을 때 힘들었으면서도 '그래도 강하게 커야 해. 애들은 맞으면서 자라는 거야.' 라는 말을 하기도 했다. 반면 어떤 사람은 폭력의 후유증으로 삶을 이어갈 희망의 빛이 꺼질 듯 말 듯 한 무기력함으로 위태로워 보였다. 또 어떤 사람은 폭력으로 받은 스트레스를 과소비로 풀기도 하고, 어떤 사람은 돈 버는 일에 집착하고, 어떤 사람은 술에 탐닉하고, 또 어떤 사람은 별다른 이상 징후 없이 일상을 잘 꾸려가기도 했다. 그중에는 물론 자신이 당했던 폭력을 다른 어딘가로 터뜨리겠구나 싶은 위험한 사람도 있었다. 사람은 참 다르고 그래서 대단하지만 동시에 참 어렵고 무섭다.

나는 브라질에 있는 나비의 날갯짓이 미국 텍사스에 토네이도를 일으킬 수 있다는 나비효과butterfly effect 이론을 믿는 편이어서 한 사람이 수많은 날갯짓으로 이루어진 토네이도로 보인다. 얼마나 많은 날갯짓이 있었을지 생각하면 그 생명력에 겁이 난다. 한 사람 한 사람이 크기 때문에 그 앞에서 자주 꺾인다. 오만함도 꺾이고 편견도 꺾인다. 전에는 '사람들의 몸과 마음속에 들어가서 그 사람이 듣고 보고 느낀 모든 감각과 감정과 생각의 변화들을 훑고 나올 수 있는 능력이 있다면 얼마나 좋을까, 저 사람 마음의 역사를 모두 알 수 있게 된다면, 그렇다면 내가 사랑하지 못할 사람들이 없을 텐데.' 이런 생각에 골몰해서 그 생각에 가까이 가고 싶은 생각뿐이었는데 말이다. '안다.'고 말할 수 있는 게 계속 사라진다. 안다고 생각한 순간 더 높이 날고 싶은 마음에 태양 가까이 다가가다가 날개의 밀랍이 녹아 바다로 추락한 이카로스처럼 떨어져 버린다.

과거 기억을 떠올리는 것 자체를 좋아하지 않는 여름이도 이런 말을 할 때가 있다. "사랑받고 자랐으면 나도 이렇게 살지는 않았을 텐데. 그런 가정에서 태어나지 못한 게 너무 억울해. 그런 애들이 제일 부러워." 독립하고 처음으로 맞은 남동생 생일을 챙긴다고 케이크에 촛불을 붙이고 생일 축하 노래를 부르는 데 남동생이 눈물을 흘렸다. "내 생일 한 번도 이렇게 챙겨본 적 없지 않아?" 하고 말하기에 "앞으로는 못 챙긴 거 보상할 만큼 챙겨줄게."라는 말 밖에는 할 수 있는 게 없었다. 동생도 나도 건강하게 오래 살아서 생일을 60번도 더 챙긴다고 해도 동생 생일을 축하해주지 못한 지난 시간이 없던 일이 될 수는 없다. 사랑받고 자라지 못한 자신의 삶이 억울하다는 여동생에게도 동생이 원하는 삶을 다시 살게 해줄 수 없다. 있었던 일은 있었던 일이고 없었던 일은 없었던 일이다. 다만 앞으로 넘어지고 다치는 길에 나를 불러달라고, 나도 너를 부르겠다고 서로 아플 때 옆에 있어 주자고 말하는 수밖에 없다. 나든 동생이든 누구든 자신의 감정을 소중히 여기고 미워할 만큼 미워하고 슬퍼할 만큼 슬퍼한 뒤에 행복을 자기 것으로 만들었으면 좋겠다. 적어도 내 안의 응어리가 풀려야 다른 사람에게 응어리를 만드는 일도 피할 수 있는 것 같다.

진짜로 일어날지도 몰라 기적

집을 나오기 전에도 후에도 여전히 글이 가진 힘에 관심이 많다. 집을 이사할 때마다 가장 먼저 책장을 정리했다. 처음 내가 좋아하는 책들로만 이루어진 책장을 갖게 되었을 때 사진도 찍고 글도 쓰며 온갖 감상에 빠졌다. '토익책도 전공 서적도 없는 내 책장' 하면서 내가 좋아하는 책들로 가득 찬 책장이 나에게 마지막까지 남을 인간성이라고 생각했다.

　폭력 앞에서 벌벌 떨 때 아빠에게 내가 읽은 책들을 들이밀 수는 없었다. 아빠 앞에서 『우리들의 행복한 시간』이나 『자유론』, 『이상한 정상가족』 등 그 속에서 감명 깊게 읽었던 문장을 들이밀었다면 '누가 누굴 가르치려 드냐'며 한 대 얻어맞았을 것이다. 그 앞은 야생이기 때문이다. 야생에서 벗어나 방으로 돌아와서 해가 뜨기 전의 밤 동안 나는 내 마음에서 분노, 공포, 절망, 미움을 걷어내고도 남아있는 어떤 말들이 내 안에 머물러있음을 확인하고 잠들 수 있었다. 글이 전해준 힘일 테다.

나랑 계속 대화 나눠주는 상대로 나오는 친구는 K다. K는 상상 속에서만 볼 수 있겠지 싶다가도 현실에서 나타나 목소리도 주고 귀도 내어주었다. K랑 안 지는 5년이 넘어가는데 K가 하는 이야기 중에 『노인과 바다』 이야기가 자주 나온다는 사실을 알게 됐다. 인문학 탐구 프로그램을 진행할 때 『노인과 바다』를 읽자고 하기도 했고, 몇 년이 지나 카페에서 나눈 대화나 또 몇 년이 지나 했던 통화에서 뜬금없이 『노인과 바다』 이야기를 했다.

"『노인과 바다』에 나오는 노인 있잖아. 그 노인처럼 살고 싶어."

"너한테는 그 노인이 자주 나타나는구나. 나한테는 『백의 그림자』 주인공들이 나와서 말을 해."

나는 그 친구가 몇 번을 말한 『노인과 바다』를 아직도 안 읽었고, 그 친구는 내가 『백의 그림자』를 빌려줘도 안 읽은 채로 돌려주었다. 내가『노인과 바다』를 읽지 않아도 K가『백의 그림자』를 읽지 않아도 각자 품고 있는 이야기가 있고, 그 이야기는 말없이 형체 없이 계속 살아서 각자 생활 이곳저곳에 영향을 미친다. 생활하다가도 가끔씩『나의 라임 오렌지나무』속 제제와 뽀르뚜까가 나눈 대화가 떠오르고,『노르웨이의 숲』에서 "만일 내가 지금 어깨에서 힘을 빼면, 나는 산산조각이 나고 말아"라고 말하는 나오코와 축 늘어져 "오랜만에 몸에서 힘을 다 빼 봤을 뿐이야. 멍하니."라고 말하는 미도리도 생각난다. 〈가담항설〉의 명영이가 "우리가 서로의 약한 순간을 위해 손을 잡아주지 않는다면, 우리는 누구나 언젠가 약할 수밖에 없는데도 평생 약해지는 걸 두려워하며 살아가야만 해."라고 말해준다.『너의 목소리가 들려』속 제이가 나와서 마음 아픈 말을 하기도 하고, 프란츠 카프카『변신』에서 벌레로 변한 그레고르 잠자가 여동생에게서 "도대체 이게 어떻게 오빠일 수 있지요?"라는 말을 듣는 장면도, 내가 처음 제대로 읽은 소설인『우리들의 행복한 시간』윤수랑 유정, 모니카 고모가 나눈 이야기도 다 어딘가에 있다가 가끔씩 튀어나온다. 내 삶에 와준 이야기들에게 고맙다. 이야기에는 이상한 힘이 있는 게 분명하다.

개인적인 생각이지만 사람과 사람이 만날 가능성보다 사람과 책이 만날 가능성이 나에게는 더 컸다. 사람과 사람은 계속 움직이지만 사람과 책은 사람이 책이 있는 곳으로 움직이면 만날 수 있다. 책이 움직여서 나에게로 와주리라고 기대할 수 없기 때문에 나는 책에게로 가기만 하면 된다. 나보다 곱절로 나이든 나무처럼 책은 그 자리에 있고 나는 앉아서 하염없이 그 나무를 쳐다볼 수 있다. 내키지 않으면 나무를 그냥 지나칠 수도 있다. 책과 사람이 만나면 마음은 흐르는 물처럼 지나는 곳에 맞춰 모양을 바꾸기도 하고, 나무처럼 땅속에 뿌리를 박고 보이지 않는 땅 아래로도 하늘을 향해 위로도 커간다. 집을 나오기 전에는 읽고 싶은 이야기, 듣고 싶은 말이 있어서 가설 증명하려고 실험하는 과학자마냥 읽었는데 나오고 나서 본 세상은 그 기억을 다 산산조각냈다. 내가 읽고 싶은 이야기, 듣고 싶은 말이 아니어서 지나친 거지, 이야기는 다 있었다. 앞으로도 새로운 이야기들을 많이 만나고 싶다. 전과는 다르게 살 것 같다.

고레에다 히로카즈 감독의 영화 〈진짜로 일어날지도 몰라 기적〉에는 떨어져 지내는 형제 이야기가 나온다. 형제의 부모는 별거 중이며 형인 코이치는 엄마 노조미, 외할머니, 외할아버지

와 함께 가고시마현에 살고, 동생 류노스케는 아빠 켄지와 후쿠
오카현에서 지낸다. 형 코이치의 소원은 가족들이 다시 함께 사
는 것이다. 코이치는 소원이 이뤄지기 위해서는 가고시마현에 있
는 화산이 폭발해서 자신이 아빠와 류가 있는 곳으로 가는 수밖
에 없다고 생각해, 화산이 꼭 폭발하게 해달라고 매일 기도한다.

그러던 중 새로 규슈 신칸센이 개통하는 날, 가고시마에서
후쿠오카로 가는 신칸센 열차와 후쿠오카에서 가고시마로 향하
는 열차가 마주쳤을 때 기적이 일어나 소원이 이뤄진다는 소식
을 듣고, 그 장소에 가서 자신의 '화산폭발' 소원을 빌고 오겠다
는 여행 계획을 세운다. 친구들이 네 소원은 너무 이기적이라며
핀잔을 주지만 코이치는 아랑곳하지 않고 계획을 실행에 옮기기
위해 고군분투한다. 그 과정에서 코이치와 류노스케 형제 외에
여러 친구들이 각자 자신만의 소원을 가지고 여행에 합류한다.
'화산 폭발이 일어나 가족들이 함께 살게 해주세요.'라는 코이
치 소원부터 '프로 야구선수가 되고 싶다.', '도서관 사서와 결혼
하고 싶다.', '자율교육이 부활했으면 좋겠어.', '노력 없이 그림을
잘 그리게 되면 좋겠어.', '세계 최강 블레이더가 되고 싶어.', '라이
벌 아역 배우 친구를 이기고 싶어.' 등 소원을 가지고 출발한 아
이들은 준비하는 과정에서 갈등하기도 하고 문제를 일으키기도

하고 어른들에게 따뜻한 도움을 받기도 한다.

그리고 반대편에서 달려오는 신칸센이 마주치는 순간 아이들은 각자 소원을 크게 외친다. 그 과정에서 아이들 소원이 조금씩 변한 모습을 확인할 수 있다. '화산폭발이 일어나 가족들과 함께 살고 싶다.'던 코이치는 막상 그 앞에 서니 아무 소원도 빌지 않는다. 동생 류노스케도 가족과 함께 산다든가 슈퍼카를 가지고 싶다는 본래 소원 대신 '아빠 하는 일이 다 잘되게 해주세요.'라고 빈다. 어떤 친구들 소원은 그대로지만 야구선수가 되고 싶다던 친구 소원은 '아빠가 파칭코에 가지 않게 해주세요.'로, 사서 선생님과 결혼하고 싶다던 친구 소원은 '죽은 강아지 마블이 살아나게 해주세요.'로 변한다. 저마다의 소원을 외치는 그 짧은 순간이 끝나고 집으로 돌아가는 길에 형 코이치는 동생 류노스케에게 "나는 소원 말 안 했어."라고 말한다. 왜 말하지 않았냐고 묻는 동생 류노스케에게 코이치는 "가족보다 세계를 선택했거든, 미안."이라고 대답한다. 그렇게 코이치는 생각의 지평을 자기 자신과 가족에서 넓혀간 모습을 보여준다.

나도 일본에서 한국으로 향하는 비행기 안에서 '비행기가 추락했으면 좋겠다.'고 바란 적이 있다. 집으로 돌아가면 아빠에게 맞기로 예정된 때였다. 나도 영화 속 친구들처럼 어떤 소망은 변하고 어떤 소망은 변하지 않았지만 비행기에서 바라던 것과 같은 소망은 내게서 지우고 살아가고 있다. '죽은 강아지 마블이 살아나게 해주세요.' 빌던 친구 소원은 이뤄지지 않았다. 기적도 생명을 살려낼 수는 없었다. 나도 어떤 소원은 이뤄지기 어렵다는 사실을 알게 됐다. 배우를 꿈꾸던 메구미라는 친구는 여행에서 돌아와 자신이 여배우가 되기에는 부족함이 많다며 깎아내리던 엄마 등에 대고 "엄마, 나, 결심했어. 도쿄에 가서 배우가 될 거야. 가끔씩 엄마 보러 올게. 가끔씩만이야." 하고 말한다. 나도 어떤 면은 변하고 또 변하지 않은 아빠에게, 엄마에게, 과거의 나에게 "이제 나 좋은 삶 살 거야. 이 기억은 가끔씩 들여다볼게. 나는 다른 곳으로 갈 거야." 하고 말하고 이 글을 마무리하고 싶다. 나는 스물셋이 되어서야, 다섯 살인가 여섯 살 이후로 처음 맞지 않은 해를 보냈다. 그리고 2년 10개월째다.

좋은 삶을 살고 싶다. 오래 켜져 있을 은은한 불빛을 유지하기 위해 무언가를 가져도 잃을 줄을 알고, 잃어도 다시 일어설 줄 알며, 내가 사는 방식 자체를 작품으로 만들 듯 만들어가고 싶다.

여름이 글

어렸을 때부터 아빠는 나의 성적이나 생활에 대해 마음에 들지 않는 부분을 고치려고 많은 폭력을 행사했다. 과거에는 내가 아빠의 폭력에서 벗어날 수 없다고 생각했고 그 공포감 때문에 죽고 싶었다. 죽음이 내가 폭력적인 상황에서 벗어날 수 있는 유일한 방법이라고 생각했고 언젠가는 죽을 거라고 생각하면서 무기력하게 지냈다. 누가 죽었다거나 자살했다고 하면 부럽다는 생각도 많이 했다.

학교 다니는 것 말고는 아무것도 하지 않았다. 하고 싶은 것도 없었고 돈도 쓰고 싶지 않았고 그래서 그냥 집에만 있는 경우가 많았다. 언젠가 상담하다가 상담 선생님이 내가 돈을 쓰기 싫어서 집에 있는 경우가 많다는 것을 알고 어머니한테 그것을 알고 있었냐고 물어봤을 때, 엄마가 여름이는 원래 '집순이'라 그런 줄 알았다고 했을 때 상처를 받았다. 엄마는 내가 집에서 많은 시간을 보내는 이유와 마음을 전혀 이해하지 못하고 있었다.

대학 다니면서는 아빠가 등록금을 직접 내라고 해서 아르바이트하며 최대한 돈을 아끼고 돈을 모았다. 그게 당연하다고 생각했다. 주변에 이 이야기를 하니깐 아빠가 대학을 가라고 했는데, 왜 네가 등록금을 내냐 했을 때도 분한 마음이 들었지만 어쩔 수 없다고 생각했다. 그런 생각 때문에 나에겐 돈이 없는 것도 아닌데, 언제 이 돈이 사라질까 전전긍긍하며 살았다. 어렸을 때부터 아빠가 돈에 대한 중요성을 이야기해왔기 때문에 나는 그런 내 모습이 자연스러웠다.

집에 있을 때는 항상 아빠 눈치를 봤다. 아빠가 집에 있다고 하면 불안하고 힘들었다. 언니가 아빠를 신고하기 전까지 평생 그렇게 살 줄 알았다. 언니가 엄마랑 셋이 있을 때 다음에 아빠가 폭력적인 모습을 보이면 신고하자고 이야기하긴 했지만 속으로는 그럴 수 없을 거라 생각했다. 그렇지만 언니가 실제로 신고하려고 했을 때는 옆에서 도왔다. 신고한 다음에 아빠가 우리를 불렀다. 아빠는 우리를 때리지는 않았지만 오랜만에 마주한 폭력적인 상황에서 나는 매우 떨었다. 속으로 경찰관이 오기만을 기다렸고 초인종 소리가 울렸을 때는 당장 그 상황에서 벗어날 수 있다는 것에 안심했다. 그 후 경찰관이 우리를 임시 보호 쉼터에 데려다주었다. 나는 그때 그 상황을 잊을 수 없다. 당장 아빠를 보지 않을 수 있는 것에 안도했고 쉼터에 오래 머문 것도 아닌데 몇십 년 지낸 집보다 너무 따뜻하고 아늑했다. 이후 장기 쉼터로 옮기고 6개월을 보내면서 내가 그동안 나를 방치하고 있었다는 것을 그제야 깨달았다.

아빠는 나의 부족함만 지적하고 혼냈기에 나 또한 내가 못난 사람이라는 생각으로 자랐다. 반항 한 번 하지 않고 아빠가 원하는 대로 대답했고 행동했다. 나의 미래가 절망적이라는 생각을 너무 많이 해왔기 때문에 평소에 아빠와 나 둘 중 한 명이 죽었으면 좋겠다는 극단적인 생각을 하고 있었다. 잘못한 사람은 아빠인데 왜 우리가 숨어 지내면서 살아야 하는지, 폭력을 당하면서도 왜 당하기만 했는지에 대해서 처음으로 생각하게 되었다. 너무나 당연하다고 생각해온 것들이 사람이 당해서는 안 되는 일이라는 것을 깨달았을 때는 매우 큰 충격을 받았다. 어떤 삶이 평범한 것인지 잊고 살았다는 사실 때문이다.

아빠와 떨어져 지내고 쉼터에 계신 선생님들과 상담하면서 다시는 폭력적인 상황에 나를 방치하면 안 되겠다고 생각했다. 몇 달은 아빠와 연락하지 않았고 공동생활은 불편했지만 아빠와 함께 지내는 집보다 훨씬 편안하고 좋았기 때문에 버틸 수 있었다. 핸드폰을 쓰지 못하고 자유롭지 못한 것은 힘들었지만 나를 물리적으로 건드리는 사람은 없었기 때문이다. 누구도 나를 때릴 수 없다는 생각은 나에게 많은 안정을 주었다. 그사이에 폭력에 대한 두려움으로부터 조금은 벗어날 수 있었다.

몇 개월이 지나서 아빠와 만났고 다시 돌아가도 된다고 생각했을 때 쉼터를 나왔고 언니와 나는 독립했다. 처음에는 아빠한테서 독립한다는 것이 좋았지만 크게 좋다는 걸 깨닫지는 못했다. 평소 아빠는 연락하는 것에 예민했기 때문에 초반에 그에 대한 걱정을 많이 했다. 연락하고 싶지 않은데 자주 연락해야 할 거 같고, 아빠한테 연락이 오지 않으면 아빠가 화났을 거 같아서 집에 있으면서도 불안했다. 연락 때문에 혼난 기억도 많다. 그중 가장 기억에 남는 것은 일본에 있었을 때 일어난 일이다. 일본에 갈 때 아빠는 일 때문에 한국에 남아있었다. 일본에서 한국 가기 전날 아빠한테 전화를 걸었는데 통화하며 크게 화를 냈다. 평소에 안 하다가 집에 오기 전날이 돼서야 연락한다는 게 아빠가 화를 낸 이유였다.

전화를 끊은 이후 나는 공포에 떨었다. 이대로 집에 가면 아빠한테 혼날 것을 알고 있었다. '비행기가 추락하게 해달라'는 기도를 매우 많이 했다. 너무 간절했지만 당연히 나는 무사히 집에 도착했고 아빠한테 맞았다. 그러한 경험들이 트라우마로 남아 있다. 최근에야 연락해야 한다는 강박에서 벗어나고 있음을 느낀다. 집을 나오고 가끔 본가에 방문할 때, 아빠 눈치를 보는 것에 불편함을 느끼고 거부감을 가지게 됐다. 이전에는 눈치 보는 것을 당연하다고 생각했기 때문에 그것에 벗어나는 것을 포기했었다. 지금은 눈치를 보지 않아도 괜찮다고 생각하게 되었고 부정적인 생각으로부터도 조금씩 벗어나고 있다.

아빠는 자기 생각이 매우 강해서 누가 말을 해도 잘 듣지 않았다. 그래서 대화를 포기해야 했다. 내가 아빠가 변하기를 기다리기보다 나 자신을 변화시키는 것이 빠르겠다고 생각했다. 아빠가 원하는 대로만 살아온 나는 나의 의사를 생각하거나 말하는 방법을 잊은 것처럼 아무것도 떠올릴 수 없었다. 내가 무엇을 하고 싶은지, 내가 좋아하는 일은 무엇인지, 누군가 물어보면 항상 잘 모르겠다는 대답을 해왔다. 지금까지 살고 싶다는 생각을 해본 적이 없었기 때문에, 나 자신에 대해서 깊게 생각한 적도 없고 나의 내면을 들여다보려는 노력조차 하지 않았다. 현재는 내가 무엇을 하고 싶은가에 대해서 생각하고 있다. 지금 나에게 가장 중요한 것은 스스로 생각하고 그것을 표현하는 것이다.

아빠한테 맞은 것 중에서 유독 기억에 남는 것들이 있다. 중학생 때 아빠를 제외한 가족이 함께 도서관에 있었을 때다. 나는 아빠가 보이지 않는 곳에서 공부를 열심히 하지 않고 핸드폰을 많이 했다. 그 당시 아빠는 공책에 글을 쓰면서 공부하라고 강요했고 나중에 아빠가 공책을 얼마나 사용했는지 확인했기 때문에 잠깐 끄적이면서 공부했다. 나머지는 친구들이랑 카톡을 하거나 인터넷을 하면서 놀았다. 나중에 아빠가 핸드폰 카톡 내용을 알 수 없도록 지우는 것도 잊지 않았다. 그날 아빠가 도서관에 데리러 왔고 내려가는 도중에 언니의 시험 등수를 알게 되어 화를 냈다. 집에 도착하자 온 가족을 부른 다음에 다 같이 혼났다. 그때 아빠는 내가 얼마나 공부했는지 확인했는데 공책에 공부한 흔적이 없는 것을 보고 핸드폰도 확인했다. 카톡 내용이 지워져 있는 것도 보았다. 아빠는 내가 공부하지 않은 것을 확인하자마자 막대기를 가져왔고 나를 계속 때렸다. 대개는 하루 이틀이면 아빠가 때리는 것을 멈추는데, 그때는 사나흘을 아빠가 귀가할 때마다 맞았다. 나중에는 아빠가 때리는 것보다 무릎 꿇고 있는 것이 고통스러웠던 기억이 있다.

그날 그 일이 있기 전에 가족끼리 모여서 고기를 먹었는데 아빠는 공부하지 않을 거면 왜 먹었냐는 이야기를 계속했다. 아빠는 우리를 잘 먹이려고 했다지만 그걸 먹으면 아빠는 우리가 공부를 열심히 해야 한다고 당연하게 생각했다. 나는 그냥 아빠가 나한테 아무것도 안 주고 아무것도 바라지 않았으면 좋겠다고 생각했다. 나는 아빠가 우리를 낳았으면 우리가 스스로 생활할 능력을 갖추기 전까지 키워주는 일이 당연하다고 생각하는데, 아빠는 항상 자신이 하는 만큼 우리도 해주길 원했다.

대학교에 합격하자마자 아르바이트를 구해서 돈을 번 이후에는 용돈을 바라지도 않고 그냥 내 생활비로 썼는데, 아빠는 다른 자식들은 돈 벌어서 아빠한테 돈을 준다고 하거나 자신은 일 시작하고 월급을 다 자신의 엄마한테 줬다는 이야기로 죄책감을 느끼게 했다. 그렇지 않은 사람들이 얼마나 많은데 자신이 듣고 싶은 것만 듣고 나에게 강요를 하는 아빠와 생활하는 게 힘들었다. 아빠는 여행 가는 것도 싫어했다. 돈을 모아야 하는데 왜 여행을 가냐며 혼을 냈다. 내가 내 돈으로 여행을 가는 것도 아빠는 막았다. 대학교 그만두고 일을 하겠다고 하면 대학교는 졸업해야 한다고 했고, 대학교에 다니면서 빨리 취업해서 돈을 벌어야 한다고 했다. 늘 자기 마음대로였다. 이럴 때마다 왜 나를 낳았는지 수백 번을 생각했다.

책상에 앉아서 수학 공부하다가 혼난 날도 기억난다. 아빠가 갑자기 방으로 책을 가져와서는 이 문제는 왜 풀지 않았냐고 했다. 다 알고 있어서 풀지 않았는데 아빠는 알아도 다 풀어야 한다며 화를 냈다. 무슨 이야기인지 정확하게 기억이 나지 않지만 아빠가 나한테 뭘 물어봤었고 나는 대답을 했다. 아빠는 무슨 소리냐며 엎드리라고 하고, 때리고 다시 물어보고 무슨 소리냐며 또 때리고 이러기를 여러 번 반복했다.

그날은 등산지팡이로 맞았는데 엉덩이를 맞으면서 처음으로 피가 났다. 그다음 날이 수학 시험이었다. 그때 처음으로 100점을 받고 정말 안도하며 아빠한테 전화했던 기억이 난다. 성적이 나오면 항상 아빠한테 보고해야 했기 때문이다. 전에는 이런 생각을 하면 그땐 그랬지 하고 생각이 멈췄는데 이 글을 쓰는 지금 이 순간에는 그때의 내가 불쌍할 뿐이다. 아빠가 회사에서 힘든 일을 겪고 그런 내색을 하는 대신 나에게 화풀이를 한 걸까 문득 생각도 든다.

아빠가 때리는 순간 내가 처음 도망친 날이 있었다. 화장실에서 몰래 핸드폰을 하고 있었고 그 모습을 아빠한테 들켰다. 무엇을 했냐며 추궁하다가 화를 내면서 내 얼굴을 때렸다. 그 후에 막대기를 가지러 나갔고 무슨 생각이었는지 모르겠지만 나는 아빠가 돌아오는 반대쪽 문을 통해 집을 나갔다. 아빠가 따라올까 봐 무작정 뛰었고 집 근처 골목에 꼭꼭 숨었다. 아빠가 나를 찾아다니는 것이 무서웠고 몇 시간 숨어 있다가 길거리를 헤맸다. 친구네 집 근처에도 갔다가 공원에도 갔다가 근처 병원으로 들어갔다. 화장실에서 거울로 내 얼굴을 봤던 기억이 선명하다. 찰나였지만 사진을 찍은 것처럼 생생하다. 거울 속 내 얼굴에는 작은 멍이 있었고 하얗게 질려 있었다.

그 주변 의자에 하염없이 앉아 있었다. 누군가 지나가면 괜히 숨고 눈치 보다가 잠깐 잠이 들었다. 그렇지만 이때도 이런 내가 불쌍하다고 생각한 적이 없었다. 집에 돌아가야 한다는 공포뿐이었다. 상황에서 벗어났다는 안도감은 잠시였고 미친 듯이 불안했다. 어차피 다시 집으로 돌아가야 했기에 아침에 엄마한테 몰래 전화를 해서 엄마 회사에 찾아갔다. 엄마는 돈을 주면서 일단 사우나에 가 있으라고 했다. 사우나에 있다가 학원을 가야 할 시간이 돼서 집에 들어가서 짐을 챙겨서 학원에 갔다.

학원이 끝나지 않길 바랐지만 시간은 흘렀고 집에 가야 했다. 엄마와 동생이 데리러 왔고 별말 없이 그냥 영화만 봤다는 소리에 살짝 안심했다.

집으로 들어갔을 때 아빠는 자려고 누워 있었고 나에게 "밥은?"이라는 말 한마디를 끝으로 말을 하지 않았다. 나는 그 상황에서 다시 책상에 앉아 공부를 시작했다. 물론 다음 날 혼나기는 했지만 막대기로는 맞지 않았던 것 같다. 처음으로 아빠로부터 도망친 날이어서 그런지 잊히지 않는다.

초등학생 때는 아빠가 집에 있는지 없는지 알려고 주차장에 아빠 차가 있는지 확인하는 장면을 아빠한테 들켰다. 지금 생각해도 정말 소름이 돋는다. 어떻게 그 장면을 딱 아빠가 볼 수 있는지. 아빠는 왜 주차장을 확인했냐고 했고, 나는 아빠가 집에 있으면 벨을 누르려고 했다는 말도 안 되는 소리를 했다. 그날은 파리채로 팔이랑 몸을 맞았다.

그 후 아빠는 일이 있어서 나갔고 나는 피아노 학원에 갔다. 그때 여름이라 내가 반팔을 입고 있었는데, 내가 맞은 자국을 피아노 선생님이 발견했다. 선생님이 뭐냐고 묻기에 아빠한테 맞았다고 했다. 그리고 무슨 이야기를 했는지 기억나지 않지만 원장님과 선생님이 내가 그렇게 맞았다는 것만 확인하고 집으로 보냈다. 나는 집에 갔고 그날 밤에 또 아빠한테 맞았다. 다시 생각해보면, 그 선생님들은 내가 아빠한테 맞았다는 것을 알면서도 아무런 행동도 취하지 않았다. 내가 폭력을 당하고 있다는 것을 알면서도 외면하는데 얼마나 많은 사람이 모른 척하고 있을지, 어린아이들은 할 수 있는 게 없을 텐데, 얼마나 어른들의 도움이 필요할까….

나는 평소에 화나거나 슬픈 감정에 무딘 편인데 예외가 되는 것이 아동들이 폭력을 당한 걸 볼 때다. 그냥 부모님이 낳아서 살아가고 있을 뿐인데 부모님이라는 사람이 그런 아이들을 보살펴주기는커녕 남보다도 못하는 것이 참 슬프다. 자신들의 쾌락만을 위해 무책임한 행동을 하는 사람들이 너무 많다고 생각했다.

나는 내가 중학교 때 정말 많이 맞아서 그 전에 기억은 잘 나지 않는데, 불쑥 초등학생 때도 내가 아빠를 매우 무서워했다는 기억이 떠올랐다. 집에 가는 것이 편하고 좋은 것이 아니라 어린 나이에도 얼마나 집에 들어가기 싫었을까? 정말 비참하다. 왜 그렇게 살아왔는지 모르겠다. 어린 나를 정말 도와주고 싶다. 나는 내가 소심하고 자존감이 낮은 것이 다 아빠 탓이라고 생각하는데 아빠는 그런 나를 볼 때마다 답답하다고 한다. 대학생이 되고 아빠는 나의 그런 모습을 고쳐야 한다고 하고 나는 그게 다 아빠 때문이라고 이야기한 적이 있다. 아빠는 그때는 그냥 흘려듣다가 자기 때문이라고 한 것에 갑자기 화를 내기 시작했다. "그게 왜 다 나 때문이냐?"고 "네가 잘못하지 않았는데 혼냈겠냐?"고 하면서 잔소리를 했다. 그때 기억에 남은 말은 너는 책을 읽지 않아서 멍청하다는 것이었다. 그러면서 지금은 읽지도 않으면서 자기는 그래도 배우고 싶어서 책을 읽었다고 이야기하는데, 정말 어이가 없었지만 나는 참고 그 말도 안 되는 이야기를 다 들었다.

그 후로 나는 아빠 때문이라는 말을 할 수 없었다. 지금도 아빠는 나보고 당당해지라고 하는데 속으로는 '그만하라'고 하지만 겉으로는 "알겠다"고 대답한다. 자신이 잘난 것만 이야기하는 사람한테 나는 아무 말도 하기 싫었다. 나는 꿈을 자주 꾸는데 아빠한테 혼나는 꿈도 많이 꿨다. 다른 꿈들은 잘 기억나지 않는데 아빠한테 혼난 꿈은 유독 깨고 나면 기억이 잘 남아서 그럴 때마다 힘들었다. 실제로 혼나는 꿈을 꾸고 난 날, 혼난 적도 있어서인지 더 그랬다. 지금 생각해보면 그런 꿈을 꾸고 혼난 게 아니라 그냥 나는 혼나는 날이 많았던 것 같다.

최근에도 아빠에 대한 꿈을 두 번 꿨다. 하나는 아빠한테 반항하는 꿈이고 하나는 아빠로부터 목이 졸린 꿈이었다. 이런 꿈에서 벗어나려면 앞으로 얼마나 시간이 지나야 할지 모르겠지만 아빠에게 반항하는 꿈을 꿨다는 것은 기분이 좋았다. 처음으로 아빠한테 반항하는 꿈을 꾸었기 때문이다. 이전에 미래는 현재의 연장선이라고 생각했기에 나의 미래가 얼마나 암울할지 걱정했다면 지금은 내가 미래에 무엇을 할지 걱정을 하기 시작했다. 언니랑 동생이랑 셋이서 의지하며 행복하게 살고 싶다.

어렸을 때는 형제에 대해서 별로 생각이 없었다. 언니는 아빠 다음으로 무서운 사람이라고 생각했다. 잘 기억은 나지 않지만 언니가 가끔 내 머리를 때리거나 정색을 하고 화를 냈고 아빠가 없을 때 자기 마음대로 하는 모습이 보기 싫었다. 그리고 언니가 아빠한테 혼났던 것은 기억나는데 그 외에 언니와의 추억은 잘 기억나지 않는다. 나는 최근에 언니와 대화를 하면서 언니를 알아가고 있다. 내가 본 언니의 가장 인상적인 부분은 책을 읽는 것이다. 자기가 하기 싫은 것은 하지 않으려고 하고 정말 생각을 많이 하고 그 누구보다 마음, 인성을 생각하는 것 같다.

나는 나의 힘든 기억을 외면하는 반면 언니는 항상 힘든 기억을 마주하면서 괴로워하고 자신을 돌아봤던 것 같다. 그리고 동생들을 엄청 생각한다. 전에 나는 이런 부분을 몰랐다. 언니가 동생들을 때린 것에 죄책감을 느끼고 있고 우리를 먼저 생각한다는 것에 놀랐다. 나는 최근에야 언니나 동생에 대해 애정을 가지고 있지, 이전에는 정말 애정이 없었고 그냥 가족일 뿐이라고 생각했다. 언니가 그렇게 생각해주는 것이 나에게 많은 안정을 주는 것 같다.

동생은 어렸을 때 나를 엄청나게 무시했었다. 나한테 많이 대들었고 내 말을 듣지 않았다. 그래서 어렸을 때 동생한테 매우 상처를 받았지만 점점 크면서 사이가 좋아졌다. 지금은 대들었던 동생 모습보다 힘든 상황에서 정말 잘 자란 동생 모습을 생각하게 된다. 언니와 나는 힘들었던 과거에서 벗어나고 있는 반면에 동생은 아직 과거에 머물러 있는 것 같다. 동생은 자신이 힘들었던 것을 이야기하는 것을 꺼리고 그때마다 매우 날카로워진다. 동생도 마음이 안정되었으면 좋겠다.

나는 의견을 발표하거나 남 앞에 나서는 것을 누구보다 힘들어한다. 만약 내가 폭력을 당하지 않았으면 지금보다는 덜 소심하지 않았을까 생각하면 폭력을 당한 것이 나의 삶에 큰 걸림돌처럼 느껴진다. 노력하면 극복할 수 있지 않으냐고 할 수 있겠지만 지금의 나는 그게 힘들고 노력하고 싶지 않다. 그냥 힘들고 싶지 않고 그렇게까지 살고 싶진 않다. 회피할 때까지 회피하고 싶고 미래에 어떻게든 될 거라는 생각으로 살고 있다. 지금은 대학을 졸업하는 것에 집중하고 시간이 지나면서 내가 하고 싶은 것이 생길 테니까 그때가 되면 열심히 살고 싶다.

진흙탕 밖으로

빛이 비치지 않는 곳에서 너랑 나는 만났어.

그리고 우리는 같이 진흙탕으로 걸어갔지.

그곳에 몸을 처박고 서로를 연민하며 울었어, 사랑이라고 생각했어.

나는 춥고 배가 고파서 잠깐 밖에 나가서 열매를 좀 따오겠다고 했어. 너는 불같이 화를 냈지.

"그딴 열매 같은 건 필요 없어. 나한테 필요한 건 이 진흙탕에 처박힌 내 마음을 네가 알아주는 거야. 저 밖에서 말고 이 안에서 나랑 같이 여기가 얼마나 끔찍한 곳인지, 같이 몸으로 느끼고 알아주는 거야. 그게 사랑이야."

나는 네가 말하는 사랑을 함께 하고 싶었어. 그곳에서 영원히 너랑 울다가 죽더라도 네가 그렇게 하자면 그렇게 하고 싶었어. 그렇게 진흙탕 속에서 지내고 있는 데 그 안에서 작은 움직임이 일어났어. 나는 움직이는 힘을 따라 땅 위에 있는 돌이며 나뭇가지며 풀뿌리를 부여잡고 힘을 다해 땅 위로 올라섰어. 하늘이 참 잘 보이더라. 그렇게 걷다가 새로운 땅을 찾았어. 여기에 너와 함께 있고 싶다고 생각했어. 너에게 가서 내가 찾은 이 땅에 함께 가자고 말해주고 싶었어. 네가 싫대도 나는 이 땅을 벗어나고 싶지 않았거든.

"우리 여기서 우리 세상을 만들자. 규칙이나 행동 규범을 우리가 다시 새로 만드는 거야. 그리고 진흙탕에 빠졌던 사람들이 이 땅에 찾아오면 언제든 반겨주자. 그리고 우리는 저 사람들처럼 이 땅에 제한 같은 건 두지 말자. 진흙탕에 온몸이 빠져본 사람만 들어올 수 있다느니, 발만 담가본 사람들은 올 수 없다느니 그런 말은 하지 말자. 그냥 그 사람 이야기를 들으면서 온몸의 수분이 다 빠져나갈 때까지 울고, 그 눈물을 머금고 자란 땅에서 난 것들을 먹고 마시자. 거기서 만나자."

감사의 말

집으로 가는 길에 잘 지내고 있냐며 안부 인사 건네준 J선생님 감사합니다.

L, 나를 계속 밖으로 꺼내고 불러줘서 고마워. K, 내 전화 받아줘서 전화해줘서 고마워.

나를 상담해준 상담 선생님과 의사 선생님, 우리를 쉼터로 옮겨준 경찰관분들, 쉼터를 지켜준 선생님들에게도 감사한 마음을 나중에 꼭 돌려드리고 싶다. 우리는 좋은 상황은 아니었지만 좋은 분들만 만났다.

책이 안 될 글을 참고 메우고 채우고 이으며 편집해 책으로 만들어주신 천년의상상 선완규 편집자님, 김도언 편집자님, 김창한 편집자님께도 감사드립니다.

도움받은 책들

강유원, 『책과 세계』, 살림, 2004, 3~4쪽, 92~93쪽.

김영하, 『오직 두 사람』, 문학동네, 2017, 38쪽.

김중혁, 『나는 농담이다』, 민음사, 2016, 190~191쪽, 212쪽.

김학진, 『이타주의자의 은밀한 뇌구조』, 갈매나무, 2017, 195~196쪽.

김희경, 『이상한 정상가족』, 동아시아, 2017, 37쪽.

김현경, 『사람, 장소, 환대』, 문학과 지성사, 2015, 130~131쪽.

류이근 외, 『아동 학대에 관한 뒤늦은 기록』, 시대의 창, 2019, 10쪽.

무라카미 하루키, 『노르웨이의 숲』, 민음사, 2013, 18쪽, 139쪽.

애덤 스미스, 『도덕감정론』, 김광수 옮김, 한길사, 2016, 19쪽, 188쪽.

일레인 N. 아론, 『타인보다 더 민감한 사람』, 웅진지식하우스, 노혜숙 옮김, 2017, 10쪽.

에리히 프롬, 『나는 왜 무기력을 되풀이하는가』, 라이너 풍크 엮음, 장혜경 옮김, 나무생
   각, 2016, 92쪽.

이창현, 『익명의 독서중독자들』, 사계절, 2018, 356쪽.

정세랑, 『피프티 피플』, 창비, 2016, 269쪽, 274쪽.

정세랑, 『보건교사 안은영』, 민음사, 2015, 210~211쪽.

조성호, 『경계선 성격장애』, 학지사, 2016. 79~80쪽, 112~115쪽, 121쪽.

존 스튜어트 밀, 『자유론』, 박문재 옮김, 현대지성, 2018, 109쪽.

키에르케고르, 『죽음에 이르는 병』, 박병덕 옮김, 비전북, 2012, 48쪽.

부스러졌만 파괴되진 않았어

지은이　　김가을

2022년 3월 28일 초판 1쇄 발행

책임편집　김도언
기획편집　선완규 김창한
마케팅　　신해원
디자인　　형태와내용사이

펴낸곳　　천년의상상
등록　　　2012년 2월 14일 제2020-000078호
전화　　　031-8004-0272
이메일　　imagine1000@naver.com
블로그　　blog.naver.com/imagine1000

ⓒ 김가을 2022

ISBN　　979-11-90413-34-3 03810